藥師少女的獨語
日向夏
Natsu Hyuuga
illustration
しのとうこ
13
「不，但是，
對方可是貓貓啊。」

馬閃
在那裡抱著家鴨，
像是不知該何去何從。
一身輕柔羽毛的白色家鴨，
抱起來應該滿溫暖的。

「好好好～
你別哭喔～」
雀又一次手巧地
變起戲法，
逗小孩子開心。

羅漢 當年說想睡吊床，
所以選了有著好幾根大梁柱、天花板高聳的房間當書房。
問題是他本人運動神經太差，
根本上不了吊床。

「既然我已經接受了壬總管的情意，
即使我倆之間發生了關係，那也是我情願的。」
壬氏
緊咬嘴唇。

藥師少女的獨語

INTRODUCTION

清靜日子已然遠去

西都的紛紛擾擾也已告一段落。
貓貓隔了一年回到京城來，
決定敞開心扉面對壬氏的感情。
只是她也明白，這當中有著巨大的問題。
官僚裡頭，有些人主張玉葉后之子不配東宮之位，
企圖擁立其他皇族成為東宮。
壬氏自不待言，腦筋甚至動到了梨花妃生下的皇子，
或是幾代之前的皇族血脈身上。
立場趨近社稷頂點之人自然不可能期望過上清靜日子。
本集將從貓貓的故舊親戚視角，觀察人生百態。
他們與她們各自都是懷著何種想法，如何度過人生？
還有，貓貓又會如何接納壬氏的一切？
京城眾人各自的心思，將會逐漸產生巨大變動……

藥師少女的獨語 13

日向夏

Kadokawa Fantastic Novels

目錄

藥師少女的獨語

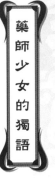

目錄

13

彩頁、內文插畫／しのとうこ

人物介紹

貓貓……原為煙花巷的藥師，在後宮及宮廷當過差，現為醫官的貼身女官。西都的紛紛擾擾告一段落，隔了一年總算返回京城。目前正開始坦率面對壬氏的感情，但考慮到他的身分地位，明白這當中有著種種難題。二十一歲。

壬氏……皇弟，容貌美若天女的青年。沒機會對陸孫報一箭之仇就回京來了。貓貓終於開始接受他的情意讓他有點樂昏頭，但對於自己的身分地位仍有許多心結。本名華瑞月。二十二歲。

馬閃……壬氏的貼身侍衛，高順之子。天生痛覺比他人遲鈍。把家鴨舒鳧給帶回京城。心繫皇帝的前嬪妃里樹。二十二歲。

雀……高順的兒子馬良之妻，平時愛插科打諢，但實為「巳字一族」之人，擅長諜報活動。

為救貓貓而身受重傷，廢了慣用手。

羅半他哥……羅半之兄。其實才幹卓絕過人，卻由於本人缺乏自覺，遇事總是吃虧。可能是因為有個少年與他同名同姓之故，被陰錯陽差地留在了西都。

羅半……羅漢的姪子兼養子，戴著圓框眼鏡的矮個子。目前代替羅漢在京城守著府邸，是個行事精明的優秀文官。喜愛數字。二十二歲。

羅漢……貓貓的親爹，羅門的姪子，戴著單片眼鏡的怪人。睽違一年回到京城來，依然我行我素。

陸孫……曾為羅漢副手，現於西都任職，具有對人的長相過目不忘的異才。真實身分是過去遭滅族的「戌字一族」之遺孤，已暗中為家族報仇雪恨。可能是因為達成人生目標讓緊繃的心情鬆懈，作弄皇弟當好玩了一陣子。

音操……羅漢的副手。恨只恨沒能把陸孫從西都帶回來。

水蓮……壬氏的侍女兼前奶娘，相當寵溺壬氏。

舒鳧……喙上有黑點的白色家鴨。雖是里樹把牠從蛋裡孵出來的，但第一眼看到的是馬閃，就這麼黏著他跟到天涯海角。善於處世之道，總是神出鬼沒到處討東西吃。

玉葉后……皇帝的正妃，紅髮碧眼的胡姬。雖是東宮之母，但常因為容貌而被批評不配成為正宮。二十三歲。

姚兒……貓貓的同僚，魯侍郎的姪女。雖是個不諳世事的大戶千金，卻以自己的方式努力不倦，試著獨力求活。最近心裡常想著羅半。十七歲。

燕燕……貓貓的同僚，姚兒的侍女。心裡只有姚兒，但姚兒至今未能獨立，燕燕需要負很大的責任。最近發現姚兒總是看著羅半，讓她心急如焚。二十一歲。

天祐……新進醫官。喜愛遺體與解剖等的危險人物。

麻美……馬閃的姊姊。自母親桃美隨父親高順前往西都後，便代替母親掌理「馬字一族」。膝下有一雙兒女，同時也養育弟弟馬良夫妻的孩子。

劉醫官……宮廷的上級醫官，羅門的舊識。指導起貓貓等人毫不手軟。

李醫官……中級醫官，與貓貓等人一同去過西都。經歷過多次大風大浪，如今變得強悍異常。

漢俊杰……不知為何被大家從西都帶來的少年。菜市場名字。

阿多……皇帝的青梅竹馬兼前嬪妃之一，與皇帝之間曾生下一名男兒。三十九歲。

白鈴……綠青館三姬之一。舞技高超、身材豐滿的美女。

女華……綠青館三姬之一。四書五經倒背如流的才女。

一話　羅半與三號

港口人潮洶湧。見碼頭停泊著大船，就知道人潮是去相迎的。畢竟是皇弟睽違了約一年自西都回來中央，民眾會搶著圍觀也情有可原。

羅半也是前去迎接的人之一。他坐在馬車上，看著回港的船舶。

「羅半少爺，馬車就停在這兒可以嗎？」

三號語氣恭敬地問他。三號是跟羅半同年的姑娘家，卻身著男裝，把頭髮紮得緊緊的。外人看了大概會以為是個弱柳扶風的美青年吧。

說到為什麼以號碼為名，這是因為羅半的養父羅漢記不住人名。他覺得是可造之材而撿回來的第三個人，就是這三號。

三號原為商家女，於反抗父母之命逃婚時，來找羅漢毛遂自薦。本來應該會吃閉門羹，但這商家女還真有點經商才華，於是受到羅漢賞識而被收留。

目前家主羅漢的債款，由羅半與三號經營副業償還。三號之所以女扮男裝，是因為身為女子會被看輕，而且被迫與不喜歡的對象成婚，也引起了她的反抗心。

「也好，馬車就停在港口旁邊吧。報出義父的名字應該就會放行了。」

「是。」

羅半拿出刻有「羅」字的金牌。此物原本應該在家主手上，但讓羅漢帶著會搞丟，因此由羅半保管。本來是絕無此種道理的，無奈羅漢就是這種人。

「這樣隨時要侵占家產都行。」

也有人半說笑地這樣講。但羅半要是敢那樣做的話只會自找死路，同時他也很意外竟然有人認為他有這種心思。羅半做牛做馬全是為了替羅漢還債，堪稱天下第一大孝子才是。

「話說回來，沒其他人能來駕車了嗎？」

三號親自坐在車夫座上握著馬匹轠繩。羅半必須透過小窗跟她交談，有點不方便。

「咦？是的。特地從外頭雇用車夫也浪費錢，不如由正好手邊沒事的我來當車夫，這才叫節儉吧？」

「妳說得對。可是輪到一號或二號的時候總是有車夫啊。」

不知為何只要找三號辦事就總是沒有車夫，都是三號跟來。

「有嗎？」

三號似乎想裝傻。羅半也當作沒事似的和她相處。

三號讓馬車停下，從車夫座上下來。羅半也下了車，把馬車託給隨行的一名護衛。

乘船的人正好從船上陸續下來。要找到羅漢很容易。

聽得見興奮尖叫聲的，就是皇弟的所在位置。反之只有小貓兩三隻、悄然無聲的那邊就是羅漢的所在位置。只要知道羅漢的為人，誰都不會輕易靠近他。

「好了，抱歉，借個過啊。」

羅半快步走向羅漢的所在位置。人牆的後方有個看起來虛脫無力的老傢伙。人群形成完整到好笑的一個圈，避他唯恐不及。是副手音操在照顧他。

羅漢很怕搭船坐車。如果只是馬車的話還好，船似乎就不行了。羅半也很會暈船，在這種地方會感受到奇妙的血緣關係。

「羅半閣下。」

音操注意到了羅半。為期大約一年的西都勤務似乎把他給累慘了，整個人比以前遇見時消瘦許多。

「我來接義父了。義父現在這樣什麼都做不了，我想送他回府，沒問題吧？」

怎麼說也是個高官，本來應該先進宮，申報自己返回中央的事才是。

「好的，有勞大人了。月君那邊我會代為轉達。」

音操反而露出如釋重負的表情。

「這樣對月君來說應該也比較方便。」

「我想也是。」

羅半讓護衛把臉色鐵青的養父抬上馬車。

「要跟義父同乘一輛馬車啊？」

坦白講，他並不想待在飄散酸水與穢物臭味的車廂裡。

羅半讓人把羅漢抬進馬車躺著，自己坐上了車夫座。

「羅、羅半少爺？」

「抱歉有點擠，妳忍忍吧。讓我繼續跟義父一起坐在裡頭的話，連我也要反胃了。」

雖然對三號不好意思，但羅半不會騎馬，身體也沒強壯到能走路回府。所以必然只能坐在三號旁邊。

「啊——本來是想跟月君致個意的，但也沒法子了。改天再說吧。」

就算現在跑去那裡人擠人，也只會淪為眾多凡人之一。羅半知道自己是個相貌平庸不起眼的小矮子。一個長相如此的男人想抬高自己的身價，需要的是能夠發揮所長的舞台，以及對方會感興趣的消息。俗氣地穿金戴銀虛張聲勢只是白費力氣，反而顯得可笑。

就跟投資一樣，任何事情都講求把握良機。

月君是別具慧眼的人，天性也不容易遭人欺騙。外在要美，內在更得要美，否則羅半就無法接受。就這點來說，月君堪稱羅半心中的標準，是上天的藝術。

「一年了啊，不知貓貓獲賜了龍種沒有？」

他順便想起了義妹的事。他很想現在就去和貓貓見面談話，但得先把馬車裡的包袱設法收拾掉，還是算了吧。

「羅半少爺，需要我代為聯絡貓貓小姐嗎？」

三號對羅半說了。

「可以勞煩妳嗎？」

「我會請她到府邸一敘。」

「她會來嗎？」

「我會在信上補一句，就說是關於貓貓小姐的朋友有事要找她商量。只是她可能還是不會搭理。」

「……妳去辦吧。」

平時羅半寄出的信，若是內容簡略的話常常會讓三號代筆。所以從關係上而論就是貓貓不認識三號，但三號單方面地認識貓貓。

「好的，畢竟也得請貓貓小姐快快將那些人接走。」

三號用不清不楚的語氣說了。

「那些人」指的是誰，到了府邸立刻就會揭曉。

在有著奇特將棋雕塑的府邸門前，兩名女性等著他們回來。

「羅半大人！」

身材苗條的女性往馬車走來。

這個姑娘名叫姚兒，身高比羅半高，但年方十七。後面跟著眼神尖銳地瞪人的女子燕燕。她們便是三號所說的貓貓的朋友。

錯就錯在當時不該為了賣貓貓一個人情，讓她們在府裡暫住。不知為何，這兩人後來就賴在府裡不走。

「貓貓可安好？」

姚兒姣好的容貌帶著關懷，看起來非常惹人憐愛。但也就只是這樣了。羅半不能跟姚兒走得更近。他的腦中不斷敲響著這種警鐘。

「我是去接義父的，抱歉不便把義妹也撿回來。我在去之前不就這麼說過了嗎？」

羅半與姚兒來往時會保持距離。否則她的侍女燕燕光那眼神就能殺人。

「這樣啊。」

姚兒面帶遺憾地撩起頭髮掛到耳後。

不知為何，燕燕死瞪著羅半。一副就是姚兒會這麼沮喪，全得怪羅半的表情。到底要他怎麼做？

「姑娘還有別的事嗎？站在這裡說話，豈不是要讓老爺枯等了？」
三號瞇起眼睛說了。講話語氣帶刺。
「……妳說得是。是我失禮了。」
姚兒也瞇起眼睛看著三號。燕燕皮笑肉不笑。
「還有，當初姑娘是說擔心貓貓小姐，所以要住下等她回京對吧？那麼我這就去安排小工，請姑娘把隨身物品收拾收拾。」
三號用神清氣爽的笑容說了。
「既然貓貓小姐已經回京，姑娘對我們府邸想必也不再留戀了吧。」
不知是怎麼了？羅半的第六感告訴他自己正置身於一場慘烈鬥爭。
「……這個嘛。」
姚兒似乎在考慮一些事情。
「能否再緩個幾日？我在這兒住得久了，需要點時間才能把東西打包好。」
「哎呀，我還以為您身邊那位能幹的侍女三兩下就能打包結束呢。還有，就我所聽說的，姑娘的家人似乎也去了西都。比起貓貓小姐，姑娘難道不該先去迎接家人嗎？」
「哎呀，說到這個，我叔父似乎人還在西都呢。家中也正為了這事亂成一團，恐怕沒有我的容身之處吧。」

不知是怎麼了？姚兒與三號講話明明都不失禮數，兩人之間卻看得見火花迸散。而燕燕則是只顧著瞪羅半。

羅半一心只想離開這裡，於是下了車夫座。然後叫住附近一名聽差。

「義父的臥房打點好了嗎？去備些好消化的米粥與不油膩的點心，涼點也行。還有，果子露要替他冰好。」

「小人這就去辦。」

「那就這樣了，我還得去操辦其餘事務。」

羅半快步逃離現場。

二話　羅半與吊死屍體　前篇

義父從西都回來，對羅半而言好壞參半。

「義父，今天是您進宮的第一天，得表現得精神抖擻點才行。」

羅半看著睡眼惺忪地吃粥的羅漢。羅漢身旁跟著三個孩子，照排行依序是四號、五號與六號。他們是羅漢撿回來的三個孤兒，後來就留在府裡做僮僕。

四號勤快地舀粥餵羅漢吃。

其實羅漢只是懶得動，但這場面看在某些人眼裡也許會被懷疑他狎玩孌童。但沒辦法，讓他一個人吃飯會像幼兒似的吃半天也吃不完。而除了三個孩子之外，還有一個陌生少年在場。少年尚未加元服，個頭比矮小的羅半還要小上一圈。

據說他被吩咐伺候羅漢，是昨天才來的。從相貌五官看得出是戌西州人氏，就是不知道他為何而來。

「抱歉冒犯，你是什麼人？是義父收留你的嗎？」

羅漢有著到處撿人帶回家的毛病。也許是在西都看到這孩子覺得感興趣，就逕自帶回來了。如果是孤兒還好，萬一爹娘還在就是誘拐。

「想回西都的話但說無妨。這是義父闖的禍，但我是他家人，會負起責任送你回去的。」

對羅半來說，家主回府雖然有助於逃避責任，但也表示會多出一堆需要善後的事情。不過，只是把一個孩子送回家鄉倒是不難。比起以前義父差點想把後宮炸了的那件事，這點小事不難擺平。

「不，小人是來當差的。月君命小人目前先負責照料羅漢大人。」

「這樣啊，那麼可以告訴我你的名字嗎？」

月君是出於何種心思，讓這孩子跟著義父？羅半感到不解。

「是，小人名叫漢俊杰。」

「漢俊杰……」

他的名字成了答案。

羅半屬於才思敏捷的類型。聽到這個熟悉不已的名字，讓他發現自己的親哥哥還沒從西都回來。

為何哥哥不在，卻來了這個素未謀面的孩子？他想到原因了。

想必是因為哥哥與俊杰小夥子同名同姓，就錯被調換過來了。也許有人會覺得最好是有這種事，但他的親哥哥天生就是這種命。

「原來是這樣啊。」

羅半點點頭。對羅半來說，哥哥是個十八般武藝樣樣精通卻勞碌一生，淨走霉運的人。這會兒被留在遙遠異地，一定又在拚命幹活了吧。

羅半不討厭這個哥哥，反而還覺得這哥哥當得稱職，希望哪天可以幫他介紹個秀美的姑娘。

「羅半少爺。」

三號來了。

「怎麼了？」

「抱歉打擾您。在老爺的衣服裡找到了這個，拿來給您過目。」

三號拿出了一封信，信箋樸素無華但散發高貴芳香。乍看之下不知是何人所寄，但羅半看字跡就知道是誰寫的。字體流麗而略帶剛健。

這是月君寫給羅半的信，信中委婉而帶著歉意，說明少年「漢俊杰」出現在這裡的理由。

大致上一如羅半的想像。月君的意思似乎是待哥哥回到中央就會把「漢俊杰」送回西都，在那之前希望羅半暫時收留他。

雖然對哥哥過意不去，總之能賣月君一個人情好處多多。希望今後能賣給他更多人情，多到還不出來的地步。

羅漢好像總算把粥吃完了，正讓四號幫他擦嘴。五號與六號端了涼點過來。

「義父，在您進宮之前，我想先跟您報告目前的幾個狀況。」

「嗯——大家不是都辦妥了嗎？」

「您畢竟離開了一年，有些地方還是需要調整的。」

羅半把將棋盤拿到羅漢面前。羅漢用將棋棋子比喻部下，放在棋盤上指示人員配置。起初羅半也不解其意，但看久了就看出法則來了。儘管還不夠完整，但可以從棋盤上看出羅漢想表達的意思。

「棋子動向如何？」

「這個嘛，這個到這邊，這邊則是這樣。」

羅半把銀將移動到敵營，吃掉步兵。但是，香車被角行吃掉了。

「香車啊。是很有衝勁，但講話不太老實。」

羅漢沒加入任何一個黨派。但是，就算羅漢自己沒那個意思，也還是無法避免地會形成所謂的羅漢派。

羅漢的部下們在羅漢不在的期間都有盯緊敵對黨派，不讓對手恣意妄為。但是「想多活

幾年就別對羅漢出手」這項不成文規定，在這一年來變得鬆散了不少。

羅漢的一名部下轉投其他黨派去了。不過同時，他們似乎也成功拉攏了其他黨派的人進來。

羅漢出發前往西都之前，只給了部下們一道命令。

「維持現況，在我回來時一切都不能有變。」

結果是香車被吃，但奪得了步兵。部下們想必是戰戰兢兢地等著羅漢回來吧。

就羅半的看法，這些武官本來就不擅長搞政治，要他們在朝廷內維持原有的勢力關係實屬強人所難。所以能做到這個程度似乎已經稱得上及格，但羅漢會作何反應就不知道了。

「總之先看看撿來的步兵吧。」

「是。」

羅半拿起毛筆。五號與六號幫忙準備了紙墨，於是他寫下能讓副手看懂的命令。副手音操一年沒見到妻女，可是第二天就得出勤，讓他深感同情。一旦成為了羅漢的副手，就沒有所謂的假日。

「這裡就是宮廷嗎？比西都的官府大多了。」

與哥哥同名同姓的少年兩眼發亮地下了馬車。

羅半考慮過該如何安頓這個來自西都的少年。本來交給三號安排就行了，但這件事上卻出了問題。

只因家裡吃閒飯的……更正，姚兒與燕燕跑來介入了。不知為何，她們開始試著籠絡傻杰小夥子。

三號與姚兒水火不容，每次見面都要針鋒相對。關於兩人不和的原因，羅半比較想佯裝不知。

總之目前看來，少年與羅漢似乎相處得還不錯，就安排他在身邊做個侍童。如果這樣能減輕音操的負擔，連帶著文書工作不會延遲，對羅半也有好處。但同時他也不認為事情會那麼順利。

「燕燕妳幫我看看，我的瀏海有沒有亂掉？」

「都很好，就跟平時一樣美。」

背後可以聽見兩個吃閒飯的在講話。羅半要用馬車送羅漢進宮，順便就用馬車送兩位姑娘一程。總不能羅半他們乘馬車，卻只讓姑娘們走路吧。

「羅半少爺，親切對待姑娘家自然是好的，但有必要如此費心嗎？」

三號如此對他呢喃。今天還是由她來充當車夫。坦白講，讓她去辦別的事情比較有效率，但三號不聽話，所以莫可奈何。

「三號，這不是妳該管的事情。」

「……是。」

「那麼我送義父進去。」

羅半打算從明天起就把義父交給音操去管。他可不想成天做羅漢的保母。

「那我們就去尚藥局吧。」

姚兒與燕燕離開讓他稍微鬆了口氣。既然貓貓已經回京，他打算把那兩人請回宿舍去。

「那麼俊杰，以後見了。」

「是。祝姚兒姑娘與燕燕姑娘當差順利。」

「不用這麼畢恭畢敬的呀。」

姚兒講話語氣莫名地親暱。本來以為她這人有點厭惡男性，也許因為對方是未加元服的孩子，所以能夠溫柔相待？

「今後你可要多替你哥哥或叔父分憂解勞唷。」

姚兒與燕燕正要離去，羅半請她們稍微留步。

「兩位姑娘似乎有所誤會。」

「什麼意思？」

姚兒偏偏頭。

「是這樣的。小人雖然姓『漢』，但與羅漢老爺一家並非親族。」

俊杰小夥子自己把事情解釋清楚。

「可是，昨天羅漢大人說過『俊杰？好像有個姪子叫這名字』。」

燕燕講話模仿得不必要地維妙維肖。說到這個，燕燕昨晚似乎大半夜的在做點心，不會是為了討好羅漢吧？羅半不禁微微感到悚然。

「這話沒說錯，但當中有著決定性的誤會。現在趕時間，晚點再向姑娘說明。」

羅漢竟然記得羅半親哥哥的名字，真是奇蹟。但長相就記不住了。

大概是想到最後，俊杰就被認定為「感覺好像有哪裡不對，但大概就是姪子」了。可能是兩人都屬於勤勞不懈的個性，所以看起來像是同類生物吧。

現在羅半變得一心只想早點幫親哥哥成家。

「請問……小人的名字是否造成了什麼困擾？」

俊杰小夥子滿臉的不安，視線在羅半、姚兒與燕燕之間流轉。

「嗯——這之間有點複雜，不過你不用介意沒關係。別說這個了，義父又開始打瞌睡了，可以麻煩你在背後推著他走嗎？」

「好的。」

羅半與俊杰小夥子，從背後推著還沒睡醒的羅漢往前走。

當羅漢的保母，應該是送他到書房就結束了。

可是，書房門口卻擠著人群，不知道在吵什麼。

「是怎麼了？」

「不知是出了什麼事？」

羅半與俊杰小夥子面面相覷。

副手音操也在書房門口。才剛回中央就板著一張臉。

「音操閣下，這是怎麼了？」

「羅半閣下。是這樣的——」

音操的視線轉向書房之中，意思是用看的比較快。

「……哇喔。」

室內掛著一個對羅半來說有礙觀瞻的東西。

一名男子在書房懸梁身亡。

「噫咿！」

俊杰小夥子嚇得腿軟。

「那、那那、那是……」

「吊死屍體。你是第一次看到？」

「……是、是的。那到底是什麼啊！」

「就說是屍體了嘛。」

「您、您怎麼能這麼冷靜！」

俊杰小夥子驚慌失措，但羅半不覺得死人有哪裡稀奇。人一多屍體也多，不過如此而已。

京城包括周邊地域，有著上百萬人的戶籍。至於這數字是否精準，只能說是保守估計。為了逃避稱為口賦的成年人定額稅金，有人會偽稱家中無子或是孩子早夭，甚至是謊報男娃為女娃。當中或許有些死者忘了申報，但沒有戶籍的人想必更多。

宮廷裡把後宮也算進去的話，有數萬人當差。人口密度相當之高。

人一多，目睹他人死亡的機會也會變多。之所以很少看見屍體，大概是因為人們怕觸霉頭而習慣隱藏遺體吧。武官的話也經常發生鍛鍊時打錯位置而致命的狀況。查閱去年的紀錄就有三件死亡案，十八件當事人因留下後遺症而被迫辭去武官職位的案例。從數字來看似乎太少，想必有很多案例根本就沒申報。

文官當中也有人因案牘勞形不堪負荷，而選擇尋短。

「記得去年有七件吧。」

羅半看著懸梁的屍體說了。

然而，吊死屍體穿的是武官服，不是文官。

「有個好大的晴天娃娃？」

「義父，那是死人。」

羅漢講話還是一樣，聽不出是說笑還是認真的。一旁的俊杰小夥子可能是看屍體看到無法承受了，別過臉去摀住嘴巴。這才叫正常的反應。

羅半也不想聞屍體失禁的穢物臭味，於是用手巾摀住口鼻。

「羅漢大人，這下該如何是好？屬下會立刻讓人收拾房間，不過大人要不要移至他處辦公？」

副手音操向羅漢問道。

「如果能立刻收拾乾淨的話，就這個房間也行。」

「就算義父您不介意，其他人還是會介意的。」

遺體以羅半的觀點來說並不美。結束生命活動的人會從「人」變成「物體」，隨著時間經過漸漸腐敗。腐敗過程遠遠稱不上乾淨，對羅半來說一點也不美。

「可是這個房間陽光充足啊。」

在這尚有涼意的季節，羅漢最重視的是確保適合午睡的溫暖場所。周圍有很多人在偷看羅半他們，正確來說是十七名武官、十名文官與三名女官聚集著看熱鬧。
「話說回來，此人是誰？」
羅半一邊重新戴好眼鏡，一邊瞇起眼睛。他並不想盯著屍體瞧，但必須弄清楚死者的身分才行。看來今天是別想辦公了。
「此人是羅漢大人大約於兩年前提拔的武官。用羅漢大人的說法是『香車』。」
音操幫忙做了說明。
「就是那個變節的？」
「是的。需要屬下立刻去調閱腳色狀嗎？雖然是一年多以前的東西了。」
原來他就是今早自己對羅漢解釋過的，在將棋盤上被吃的香車。
羅半只說明過「香車」被敵對黨派搶走，但並不知道此人的長相。羅半向來不負責記人的長相，以往那都是陸孫的差事。
「結果這傢伙跑來義父的書房自盡是吧？」
羅半檢查一下周遭環境。
「香車」吊在書房中央的梁柱下。當年書房選在這裡有個無聊的理由，是因為羅漢說想睡吊床，所以選了有著好幾根大梁柱、天花板高聳的房間當書房。問題是他本人運動神經太差，根本上不了吊床。

其他房間的構造，都無法讓人在房間中央掛條繩子上吊。

離屍體漏出的穢物稍遠的位置有一把椅子。可能是被踢倒的，椅子橫倒在地。羅漢的書房在本人離京期間，似乎無人管理。雖然有人清掃，但不夠徹底。羅漢愛用的臥榻有擦拭乾淨，但書櫃角落還留了點灰塵。

「嗯哼。」

羅半看看掛在梁上的上吊繩索與吊著的「香車」，再看看翻倒的椅子。

「義父。」

「嗯？」

「這當中有殺了『香車』……上吊男子的凶手嗎？」

「嗯。」

羅漢往圍觀群眾揚了揚下巴。

「咦？」

俊杰小夥子一臉震驚地看向羅漢與圍觀群眾。

「什、什麼意思？」

「好了，你先安靜。不然會被凶手聽見的。」

羅半溫和地告誡俊杰小夥子。他沒興趣善待男人，但對於被人跟親哥哥弄錯帶來的少年，親切相待算是最起碼的禮貌。

俊杰小夥子用兩手摀住自己的嘴巴。還是乖巧的小孩比較好管。

「是哪一位呢？」

羅半問羅漢。

「白棋子。」

「啊！」

對羅漢來說都是圍棋棋子，但羅半分辨不出來。羅半瞇起眼睛。

圍觀群眾接二連三地散去。這下凶手要跑掉了，不過羅漢的副手音操已經把那人看了個清楚。雖然沒陸孫厲害，但他也還算擅長記住他人的長相。

「音操閣下。」

羅半還是嫌麻煩，看向羅漢的副手。

「羅半閣下，您不會是在想著把事情丟給我做，自己回去辦公吧？」

音操掛起歪扭的微笑抓住羅半的肩膀。看來這人怎麼說也是有習武的，握力大到弄得他很痛。

羅半無奈地嘆一口氣，看著羅漢。

「我要睡覺。在那之前想先去看看貓貓。」

羅漢的腦筋構造，非常人所能理解。他不用算式就能求出答案，中間的過程卻一問三不知。無論本人有多神機妙算，沒有證據就是難以立案。

「我想想。」

羅半叫來一旁的屬吏。

「你跑一趟尚藥局，請人來相驗**存疑屍體**。別說是上吊，就說是橫死的。」

「存疑屍體嗎？」

「對，別說錯了。還有難得有這機會，可以麻煩你請剛回京復職的見習醫官們也一道過來嗎？這具新鮮的遺體應該有助於他們進修醫術。」

羅半這是在拐著彎子，要他把貓貓帶來。雖然沒有十足把握，但這下貓貓八成會來。這麼一來，幹勁缺缺的羅漢應該也會變得像樣一點。

羅漢能給出答案，但只有答案不能作為解釋。

羅漢已指出真凶，羅半他們必須找出殺人手法與動機。這應該是貓貓最拿手之事。

於是羅半一面扶正眼鏡，一面為了又得繼續觀察醜陋的事物而嘆氣。

三話　羅半與吊死屍體　中篇

隔了一年終於好好見到面的義妹一張臉臭得可以。這下不需要三號特地寫信叫人了。

「唷，小妹。」

「給我滾，你這算盤眼鏡。」

貓貓面對羅半，開口第一句話就是謾罵。

「貓貓啊～」

羅漢待在貓貓的旁邊。羅漢很想抱住貓貓，但貓貓用掃帚柄頂住羅漢的臉頰，不讓他再靠近一步。真想不透她是從哪裡拿出掃把的。

「貓貓，妳就不能給點溫情嗎？」

「那你要跟我換嗎？」

「免談。」

羅半拒絕後，看看跟貓貓一起過來的另外二人。一個是劉醫官，是宮中醫務人員的長官。此人與羅半的叔公羅門是同儕，脾氣難伺候是出了名的。

另一名男子還很年輕。中等體格，一臉的輕佻相。

「屍體在哪兒啊～？」

男子露出莫名晶亮的眼神，但隨後就挨了劉醫官的拳頭。

「天祐，休得吵鬧。」

看來此人名叫天祐。臭男人叫什麼名字一點也不重要。

羅半雖然覺得跟來了麻煩精，但反正有釣到頭號目標就不計較了。只要羅漢捅出什麼漏子，就把他推給貓貓吧。同時貓貓必定也是同一種心思。

「我也不是閒著沒事做，可以快點讓我看看遺體嗎？月君中午就會進宮面君上報還朝之事了吧，沒閒工夫在這兒磨蹭了。」

聽得出來劉醫官是在按捺脾氣。

西都遠征隊的報告，與羅漢也有關聯。羅半也很想快點把事情解決掉。

「在這邊。」

音操領著眾人過去。由於場面對俊杰小夥子來說太悽慘，羅半讓他到另一個房間去等候吩咐。這孩子個性篤實，問羅半有沒有什麼事能讓他做，於是就讓他去打掃羅漢的另一個房間。就像狗會到處收集鞋子一樣，那個房間裡堆滿了羅漢蒐集的破爛。

「……恕我失禮，貴府羅家對自家人似乎略嫌嬌縱了點。」

劉醫官看看羅漢、貓貓以及羅半。

「寵女兒有哪裡不對？」

羅漢回答得一派自然。叫這男人察言觀色只是白費力氣。

劉醫官也不是傻子，知道不管跟羅漢說什麼都沒用。他一副若無其事的表情走進書房。

「就是此人嗎？」

「香車」仍然掛在天花板橫梁上。因為羅半指示僕役先別把他放下。

「這樣子要我們怎麼看？」

劉醫官瞇起眼睛。名喚什麼天祐的男子興奮得很。

「哦～就死在那兒呢。」

「還說是存疑屍體，不就是吊死的嗎……」

貓貓常常以為自己只是心裡想想，其實話都說出口了。羅半之所以要屬吏說成「存疑屍體」是因為這種說法意指死因存疑的遺體，也包含了毒殺嫌疑。說成上吊的話貓貓就不會感興趣了。

他不認為貓貓會跑來羅漢的書房，所以得弄個理由讓她來才行。

「既然都像這樣上吊了，不就是自縊嗎？」

劉醫官一拳捶在天祐的頭上。

「絕對不可以驗都沒驗就憑第一眼的印象草率決定。臆測會導致誤判。」

劉醫官說出了跟貓貓的叔公羅門很像的言論。

「既然讓現場保持原樣，可見必定是有些根據認為這並非自殺。」

劉醫官觀察屍體。

「正是。」

音操代替羅漢做說明。羅半事前已經跟他講好，決定由他來解釋比較合適。

「若是自殺的話，存在著幾點矛盾。」

「什麼樣的矛盾？」

被劉醫官問到，音操拿出繩索。

「這條繩索是我配合死者王芳脖子以下的長度剪的，我用它來檢查椅子翻倒的位置與吊繩長度之間有無矛盾，是否真能用來自縊。」

結果得知在上吊時，懸梁的位置最少必須再靠近椅子一尺（三十公分），否則無論如何踮腳都無法讓脖子穿過吊繩。

看在羅半的眼裡，世間萬物就像是由大小數字組成。這個矛盾很不漂亮。

「若是在跳離椅子時踹倒的，應該並不奇怪吧？」

天祐提出看法。

「那麼椅子怎麼會是椅背朝上翻倒？那得要椅子轉個半圈才會這樣倒。面朝椅背應該不太容易上吊吧。」

羅半代替音操回答。

也許是因為名喚天祐的男子比較聒噪，貓貓很安靜。她一面與拿出點心要給她的羅漢保持距離，一面神情疑惑地抽動鼻子。

「嗯哼。之所以沒把遺體放下，就是為了讓我確認相關位置？」

「正是如此。」

「椅子的位置也沒動？」

「需要找圍觀群眾來作證嗎？」

劉醫官這人似乎喜歡把事情搞清楚。雖然個性難伺候而不會放過任何疑點，但好像不是個會扭曲真相的人，羅半不討厭這種人。

「話又說回來，沒想到劉醫官會特地來這一趟。」

聽起來音操似乎想請官階再低一些的人員過來。他滿臉陪笑，使得右臉頰僵硬地上揚了一分（三公釐）。

「聽到你們要的是見習的，讓我有點在意。總是需要個監察官吧？」

換言之就是怕他們造假，才這麼用心。

「那就請你們把遺體放下吧。」
「是。」
音操叫屬吏來把屍體放下。
「請各位找椅子坐坐稍候。」
「好。」
天祐馬上去坐在臥榻上。
「我不用。」
「我也是。」
劉醫官與貓貓依然站著。屬吏想剪斷吊繩把屍體放下，但不是很容易。「香車」也就是王芳有著武官應有的體格，體重也相當不輕。
根據上呈的文表，王芳乃是於兩年前受到羅漢賞識。此人直覺敏銳又行動迅速，於是就提拔任用了。王芳個性適合實務，羅漢交辦當作試驗的公務都操辦得妥妥當當。上進心是有的，但同時也欲望深重。當時是認為只要嚴加監督就不成問題——
難道是羅漢一不在，就出了亂子？
「總算是放下來了。」
鋪著布放下的遺體，坦白講醜陋到讓人想別開目光。活著的時候想必緊緻有彈力的皮膚變得慘白，全身孔穴都滲出體液。

「天祐。」

「在～」

劉醫官要天祐先看。貓貓也從天祐的背後探頭看遺體。

「你怎麼看？」

「脖子上有指甲抓痕呢。是痛苦難耐想掙脫繩索的痕跡。」

天祐的眼神意外地認真。神情看起來玩世不恭，但怎麼說還是個醫官。貓貓也邊點頭邊觀察。

「是痛苦而死呢。」

「受盡了折磨呢。」

「上吊不是本來就很痛苦嗎？」

聽見貓貓與天祐的對話，音操不解地問了。

「上吊時只要猛力一跳懸掛在半空，就會因為脖子關節脫臼而失去意識。以這種情況而論，應該是不會掙扎的。」

劉醫官代替貓貓他們做說明。

「也就是說能有個痛快？」

「不一定能有個痛快。一旦失敗的話還是會受苦，不建議這麼做。」

聽劉醫官這麼說，音操面露苦笑。

「替屍體脫衣服。」

「是。」

天祐開始幫遺體脫衣服。貓貓也去幫忙。

「哦？妳要幫忙嗎？」

根據羅半的記憶，羅門應該一直有交代貓貓不准碰屍體才是。

「這是差事。阿爹也已經答應了。」

貓貓毫不畏懼地剝掉遺體的衣服。羅半覺得雖說是遺體，但她這麼習慣把一個男人扒光似乎有欠妥當。

「貓貓啊，不可以碰那麼髒的東西啦。」

羅漢這樣講，自己卻邊吃點心邊掉屑。讓人不禁佩服他居然能在屍體旁邊吃東西。

「從腿部屍斑來看，死後已經過了很長的時辰。咪咪，妳覺得過了多久？」

「看起來肯定過了最起碼半天以上。下半身呈現深紅色。」

「嗯，從肌肉的僵硬程度來看，是在八個時辰（十六小時）以內死的。」

天祐捏捏遺體的皮膚。劉醫官什麼也沒說，所以應該沒說錯。

「就算有些誤差，也就在傍晚到夜間吧。」
羅半摸摸眼鏡。那個時辰早該散衙了，這名死者還在做什麼？
「死因是上吊沒錯。」
「是呀。」
劉醫官一樣沒說什麼。
「能斷定是自殺或他殺嗎？」
「這就不清楚了。就像剛才說的，從椅子位置來想是會懷疑到他殺的可能性，但可能還不到能斷定的地步喔～」
「小妹，怎麼了嗎？」
天祐回答音操的詢問，劉醫官也點頭。貓貓瞇起眼睛，看著天花板的橫梁。
「……」
貓貓一言不發地踩了羅半的腳尖，但很遺憾，鞋尖早就塞了東西減緩被踩踏的力道。
「怎麼了嗎？」
羅半向貓貓重問一遍。
「只是覺得留在梁上的繩索，像是用套索的方式綁上去的。那樣就用不著梯子了。」
「套索？」

「做給你看比較快。」

貓貓看了劉醫官一眼。大概是擅作主張會被監督罵，想先做個確認吧。

「那就請示範給大家看吧。需要些什麼東西嗎？」

在旁邊聽到的音操准她繼續。

「最好有上吊時使用的這種繩索，還有能綁在上頭的重物。」

貓貓從不理羅半說的話，但音操說話就比較聽得進去。不知道貓貓自己有沒有發現，她似乎受到羅門影響而比較喜歡勞碌命的類型。

「那麼失禮了。」

貓貓在繩索前端綁上重物後甩動，往橫梁與天花板之間拋去。

「這樣要怎麼綁在柱子上？」

「看看留在梁上的繩結就知道了。像這樣——」

貓貓在繩索前端隨意打個結做成圈圈，把繩索的另一頭穿進圈圈裡。

「——然後把這條繩索一拉……」

繩索就這麼緊緊地綁到了梁上。

「原來是這樣啊。」

「什麼事情原來是這樣？」

「沒什麼，只是在想如果是他殺的話是如何下手的。」

對方是體格健壯的武官，沒那麼容易勒死。但如果是吊在天花板的橫梁上呢？即使臂力太弱不足以勒喉也應該辦得到才是。

「用懸梁的方式勒死被害人。這樣就算力氣小也能殺人了。」

痕跡應該也跟上吊一般無二。

「是啊。但是像我這樣的人還是辦不到。」

貓貓拉扯手裡的繩索。貓貓的體重可能連遇害武官的一半也不到。

「說得對，就算我一個男人來也辦不到。對方是身強力壯的武官，體重也很重。方才義父指出的凶手，怎麼看都不像是能殺得了武官。」

羅半想起羅漢方才在圍觀群眾裡看的是誰。

「凶手？那個老傢伙已經找到凶手了？」

貓貓半睜著眼問道。

「嗯，爹爹一眼就看出來嘍。」

「哎噁！」

羅漢不知什麼時候靠到了貓貓身邊。貓貓即刻拉開距離。

「請你到旁邊去吃這個。」

貓貓勉強講得禮貌一點，但一把抓起附近的點心，像是餵狗似的丟了出去。然後羅漢就跑去撿點心了。

「不要糟蹋食物啦。」

「沒差，老傢伙會吃乾淨。」

貓貓只差沒說「礙事的滾蛋了」，拍拍手撢掉點心屑。劉醫官難以啟齒地看著貓貓，但似乎也不太想幫羅漢說話，最後選擇視若無睹。

「那既然都找到凶手了，為何還叫來醫官？」

「就算知道凶手是誰，義父也說不出犯案動機或是殺人手法。不過現在殺人手法已經水落石出，就剩動機了吧？」

「動機是吧。」

貓貓看一眼臥榻。

「妳已經知道了？」

「大致上。」

「小妹，告訴我吧。」

假若是羅漢的部下派人殺害叛徒，問題就多了。羅半希望能和平解決。

「我不太想講。」

「不講的話，會趕不上月君的報告，沒辦法到場喔。」

貓貓一臉不情願地開口。

「不是什麼背後牽扯很深的動機。我看凶手一定是『女人』吧？」

「妳猜得真準。」

羅半大感佩服。羅漢那時說是「圍棋白子」。對羅漢來說基本上「圍棋白子」指的是女子，「圍棋黑子」則是男子。貓貓抽動一下鼻子。

「沒什麼複雜的，被害人是男子，凶手是女子。」

「就這麼簡單啊？」

「就這麼簡單。」

貓貓一臉傻眼地看著被脫光的屍體。貓貓是在煙花巷長大的，這些男女情仇她早都看膩了。

「既然知道，早點告訴大家不就好了？」

羅半看到義妹分明早就看出動機卻不講，心裡不是很舒服。但他也能理解貓貓的做事原則。

貓貓的養父羅門排斥含混不清的推理，也教導貓貓不能僅憑推測信口雌黃。想必是因為身分低微之人口無遮攔，是會惹禍上身的。

「好了，那就由我來代替貓貓，在大家面前做說明吧？」

既然凶手是女子，羅半大致猜得到貓貓想說什麼。

「……不了，我來講。」

「哦？」

聽到貓貓這麼說，羅半想不透她是怎麼了。以前的她從來不會主動出面，都是讓別人來做。

「看得出來貓貓妳的心態產生了變化，但還是不要吧。我來講比較妥當。妳可以解釋給我聽嗎？」

「……好吧。只是，有件事我想問清楚。」

「什麼事？」

「凶手是什麼樣的女子？」

「我也說不上來。」

羅半想起圍觀群眾中的那幾名女子。

「共有三人，不知是哪一個。」

「三人是吧。」

貓貓看看天花板的橫梁。

「羅半，你應該明白弱女子沒那本事殺了強壯武官後偽裝成懸梁自盡吧？」

「是啊。照妳這麼說，是否表示女子殺不了此人？」

凶手與被害人的體重恐怕差了將近兩倍。

「那麼，如何才能讓事情變得可能？只要把剛才想像的動機加進去，答案就呼之欲出了。一名女子辦不到的話，那該怎麼做？」

「不是一名女子的話……噢，是這麼回事啊。」

羅半恍然大悟地捶了一下手心。事情其實很簡單。

貓貓沒再說什麼，轉身背對羅半。也許是因為上司劉醫官一直盯著她的緣故。劉醫官不只盯緊貓貓，一邊還要制止對遺體興味盎然的天祐。有這些需要費心的部下恐怕夠他累了。

至於羅漢，則是躺在臥榻上吃貓貓扔出去的點心。差不多到午睡的時辰了。羅半眼神稍許複雜地看著羅漢。

「音操閣下。」

羅半把羅漢的副手叫來。

「能否請您把方才在這兒看熱鬧的三名女子叫來？」

「這就去叫。」

「有勞了。」

確認一下太陽的高度，應該還趕得上中午時分。
羅半瞇起眼睛，心情變得有些沉重。

四話　羅半與吊死屍體　後篇

被召集的三名女子，是今年通過試驗的新進女官。家世還算良好，兩個是官僚之女，其餘一個是商家女。

在羅半看來，三個都是美人。

為了以備不時之需，他們也請來了刑部官吏。刑部與羅漢所屬的兵部之間略有摩擦，但也不會無端找碴。他們先請官吏旁觀事情始末。

「請、請問我們為何被叫來這兒？」

女官甲的眉毛降低了一分。此人是地方官僚之女，簡略文表提到她目前寄居親戚家中。是個有著烏黑秀髮的美女。

「竟然把我們叫來發生過禍事的房間，難道是要我們收拾遺體嗎？」

女官乙渾身發抖地說了。她是在京城長大的富商之女，同樣也是有著烏黑秀髮的美女。

「請、請快點放我們回去。」

女官丙目光低垂，渾身發抖。這人是官家么女，一樣還是個黑髮美女。

儘管相貌五官各有不同，背影卻十分相似。

「這樣就算從死亡推定時辰找出目擊者，也很難分辨是哪一個了。」

音操雙臂抱胸。

出於一些原因，包括劉醫官在內的三名醫務人員也留下。

「凶手就在她們之中嗎？」

音操看向羅漢，但羅漢正在睡午覺。縱然羅漢指出了凶手，沒明確弄清動機與殺人手法就難以立案。為了立案而捏造證據，對羅半來說不是件美事。

「三位女官對於自己被當成嫌犯叫來，似乎很不服氣呢。」

羅半面對美女想盡量保持風度。同時，也希望她們是內外皆美。

「是呀，沒錯。這不就是自殺嗎？怎麼會說是我們殺的？」

這是女官甲的主張。

「竟然說我們殺人。我們哪對付得了那麼個大個子？」

這是女官丙的主張。

「更何況這人是何時身故的？昨日的話我都在家中，需要我提出證明嗎？」

這是女官乙的主張。

「各位都說得有理。」

羅半保持笑臉，看著三人。

「但若說是自殺，當中還有不少疑點。這是我們從現場狀況以及遺體傷痕等方面研判出來的。還有我必須先告訴各位，親戚朋友所提供的不在場證明無效。」

三名女官臉孔抽搐。

「最重要的是，妳們難道沒有殺害這名男子的動機嗎？」

羅半指著王芳以布蓋住的屍體。

「聽聞這名男子上進心強但欲望深重，看到合於己意的女子就忍不住要追求。有多名官員親眼看過這名男子——王芳主動向三位攀談。」

「……他對我示好確實不是一兩次的事。」

女官乙長嘆一口氣，如此回答。

「可是，也不是沒有其他男子向我求愛。這麼說是有些羞人，但您應該也知道很多女官進宮供職，在某方面上是為了學做新娘。」

女官乙不愧是商家女，個性不好對付。羅半不討厭這類型的女子。

「是了。但是，幽會地點選在上司不在的書房，就不太可取了。」

羅半這話讓三名女官各自羞紅了臉。換言之就是這麼回事。

「大人此話何意？」

「我有個親眷鼻子就跟貓兒一樣靈，注意到這間書房的主人愛用的臥榻，沾染上了一種獨特的氣味。」

羅半是聞不太出來，但嗅覺靈敏之人似乎立刻就發覺了。尤其是貓貓從小在青樓長大，這種感覺必然特別敏銳。

換言之，羅漢此時睡下的臥榻，被這些人幽會時拿來魚水交歡了。畢竟羅漢對臥榻特別講究，躺起來一定很舒服。

「這間書房是有做最基本的清掃，但臥榻這一塊似乎清掃得過於乾淨了。你們大概是想把它弄乾淨以免留下證據，無奈碰上鼻子跟獸類一樣靈的人，一下子就露餡了。」

貓貓在瞪他。在她旁邊的天祐說：「什麼～我都坐上去了耶～」附帶一提，羅漢照樣躺在被拿來歡好的臥榻上，一點要起來的樣子都沒有。

「……就、就算真有人拿來幽會，那也不見得就是我們吧？」

女官甲怯怯地說了。

「確實如此……但也不一定。」

音操代替羅半上前。

「這裡是羅漢大人的書房。在羅漢大人西行之前，沒有一名女官會接近這裡。這是因為沒人不知道羅漢大人的為人。」

羅漢這名男子會毫無前兆地忽然胡作非為。因此其他官員不用說，眾女官也對他敬而遠之。沒有人喜歡自己往火藥庫裡鑽。

從前，有很多人看不起他。只因過去的羅漢雖生為名門長子，卻被蓋上了不成材的烙印。而羅漢當時也只要能下棋就高興了，所以從不在乎別人對他的辱罵。

然而，自從羅漢發現自己需要權力，就開始徹底剷除擋路的人。

作法狠絕到眾人之間形成了不成文規定：別對軍部的老狐狸出手，不，根本一步都別靠近。

「然而羅漢大人自一年前便奉命離朝。諸位女官難道不是因為不認識羅漢大人，才沒對這個幽會地點生疑嗎？」

音操說得對。這三人都是於一年之內成為女官，不知羅漢是誰。就算知道「切勿接近羅漢」的不成文規定大概也缺乏實際感受吧。否則也不會抱著看熱鬧的心情聚集在羅漢的書房門口。除了這三人以外，沒有一個女官過來。

「也就是說，大人認為我們是出於男女情仇而殺了他的吧。可是包括我在內，我們三人又有誰能用柔弱無力的雙臂，用上何種方法殺害這名男子再偽裝成自盡呢？」

對於女官乙的發言，女官甲與丙也點頭稱是。

「說得是，那就針對這方面進行現場勘查吧。」

前。

羅半看著貓貓對她招手。貓貓擺出由衷厭煩的神情。不得已，羅半只好自己走去貓貓面前。

「可以請妳幫幫忙嗎？」

「小女子的職務只限於輔佐諸位醫官，能幫上您什麼忙呢？」

貓貓故意語氣平板地說。

「畢竟都說是女子的柔弱手臂了，妳來示範比較能取信於人啦。」

「小女子不解大人之意。羅半大人自己不就有著簡直像是沒曬過太陽的白細肌膚，以及恐怕拿不了比毛筆重的東西的文弱胳臂嗎？」

貓貓與羅半大眼瞪小眼。

「咪咪，妳就幫忙一下嘛！」

「再不快點就沒完沒了了，妳就幫吧。」

貓貓瞪天祐一眼，但既然劉醫官都開口了，她也只能嘖一聲。

「是。」

「總之妳先像剛才那樣，把繩索綁在天花板的橫梁上。」

「好啦好啦。」

貓貓仗著說話小聲不會被聽見，講話口氣很沒禮貌。

「喏，繩索。」

「好好好。」

貓貓拋出繩索，懸掛著綁在梁上。然後在一端綁出套住脖子的繩圈。

「要用這條繩索，吊起那麼高大的男子？」

女官乙長吁一口氣。

「是的。不過光是這樣，還是很難吊得起來。這兒有另外一條繩子。」

羅半把另一條繩索拿給貓貓。貓貓再次拋出繩索，讓它繞過橫梁。

這第二條繩索沒有綁在梁上，讓人能夠自由扯動。然後——

「接著在這條繩索的前端也紮個圈圈，套在欲殺之人的脖子上……喂，貓貓！不要拿去套義父的脖子，不可以喔！」

貓貓差點就把繩索掛到熟睡的羅漢脖子上。討厭父親不能怪她，但真希望她別討厭到產生殺機。

「咪咪，這兒有個合適的！」

這次換成天祐想把蓋著布的遺體拖出來。幸有劉醫官賞天祐一拳加以阻止。

羅半覺得有劉醫官在真是可靠。

「用這個吧。」

音操拿了沙包過來。把內凹的部分當成脖子正好適合套繩索。
天花板的橫梁是直接用圓木做的。多虧於此，繩索就像是掛在滑車上一樣好拉。
豈料——
「好像完全拉不動呢。」
女官乙笑著說。
義妹貓貓手無縛雞之力。沙包與遇害的官員體重相當，少說比貓貓重了兩倍。假若有動滑車可用的話，重量會隨著滑車數量而減輕，即使是貓貓應該也能吊起沙包。然而固定不動的橫梁只能發揮定滑車之用，無法減輕舉起的重量。
貓貓努力把繩索拉向自己，結果反而讓自己雙腳離地。
「說得是，那我也去幫忙吧。」
羅半和貓貓一起竭力施加體重，拉扯繩索。
「別、別讓我，這樣，拚死拚活的。」
「妳就……忍忍吧。」
「你很……沒用耶，怎麼拉都拉不起……來。」
「要妳囉嗦！」
兩人一面鬥嘴的同時，沙包也慢慢離地。

「呼，呼！」

「噫，噫！」

吊掛了十幾秒後，兩人耗盡力氣，沙包咚的一聲掉下來。

羅半與貓貓氣喘吁吁地倒在地板上。本來是不想幹這種力氣活的，但現場最有說服力的人選就是羅半，莫可奈何。

「遺、遺體的頸部有試著用手扯掉繩索的抓痕。若是從椅子上跳下來一口氣勒緊脖子的話，據說是不會這樣的。」

羅半的說明讓三名女官面容僵硬。

「就算一個人不行，兩個人就有可能了吧？」

羅漢只說是「圍棋白子」，沒說是哪顆「圍棋白子」。

換言之「圍棋白子」也許不只一顆。

「就連你們二位，都只是做這點事就上氣不接下氣了呀。就算有辦法殺人，也不可能把他吊起來吧？」

女官乙儘管臉孔僵硬，仍出言反駁。

「說得沒錯。二人合力也只能勉強把人吊起，要偽裝成上吊太難了。無論如何，都需要第三人——」

女官們的表情變得更為僵硬。

羅半好說歹說才說動貓貓，兩人再度一起把沙包吊起。等吊到高過事前掛好的吊繩繩圈部分，音操再站上椅子，把沙包掛到裝好的繩圈上。

然後再剪斷懸吊沙包的第二條繩索，沙包就懸在梁上了。

「就像這樣。我從沒說過凶手只有一人。妳們三個都是共犯吧。」

羅半此言讓三名女官一個茫然自失，一個哭了起來，一個跺腳出氣。

三名女官發洩夠了之後，就像是擺脫掉心魔般乖乖認罪了。

三人於今年一起到職而因此結為友人。可能是因為與前輩女官處不來的緣故，她們自成一個小圈子，感情好到用起了同一種梳頭油。三人都有著烏黑秀髮或許就是這個原因。

這三人都被家裡吩咐要覓得好夫家，結果遇見的就是王芳。

王芳分別接近三人，之後便不難想像了。

王芳或許以為自己周旋得巧妙，然而女子直覺最準。腳踏三條船的事穿幫了。

當男子不專情，據說女子恨的都是女子。但由於王芳玩弄的三人早已是閨中密友，結果憎恨的矛頭全指向了王芳。

就這樣，三人合謀殺人。她們預見羅漢即將還朝，於是在他進宮的前一日將王芳誘騙出來。
其中一人就像平時的幽會那樣躺在臥榻上，其餘二人躲藏起來，見王芳轉身背對自己，便拿出繩索套住王芳的脖子將其勒斃。
「女子果然可怕啊。」
羅半大嘆一口氣。王芳做事太不聰明了，要找對象應該挑那些看得開、懂得享受的成熟女子才是。
書房裡僅剩還在睡午覺的羅漢，以及羅半與音操。
醫官他們已經回去，女官們讓刑部官吏帶走了。屍體依然躺在房間角落，因此羅半讓傻杰小夥子繼續打掃隔壁房間。
「不過，真沒想到王芳居然是死於男女情仇。還以為有著更深刻的理由呢。」
音操長嘆一口氣，幫羅漢準備替換的衣物。這套衣物用炭熨斗仔細燙過，大概會在前去面君之前讓他換上吧。
「不，這可就難說嘍。」
羅半看著三名女官的腳色狀。羅半的腦中已經看見了某些與她們的履歷有所雷同的數字。
「您是說其中有蹊蹺？」

「真有就傷腦筋了，一定得查個清楚。」

話是羅半自己講的，講完卻後悔了。這下得耗掉一整天了。不過這其實也在預料範圍內，莫可奈何。

五話　壬氏與報告

跪著的厚毛地毯上有著龍紋，兩側也有同樣雕以龍身的柱子。眾高官沿著毛地毯並列而立，看著壬氏以及自西都還京的幾人。

壬氏原地低頭行禮。

「抬起頭來。」

壬氏抬起頭，看到久別的皇上坐在王座上。

「旅途勞頓了吧。可都安然無恙？」

「謝皇上關愛。」

本來壬氏一從西都返回中央，就應該立刻向皇上報告還朝一事。然而在皇上的美意之下延至隔日，才會在這時來覲見。不只如此，皇上還將時辰指定在中午過後，這與其說是體恤壬氏，恐怕是考慮到另一名覲見者的需求吧。

壬氏的斜後方是睡眼惺忪的羅漢。敢在這種場合打呵欠的無禮之輩，除了這傢伙之外也沒別人了。

「瑞月啊，是不是瘦了？」

皇上在東宮時期被人稱為陽君，或是晝君。壬氏之所以日後被人稱為月君，主要是與皇上做個對比。皇上是國內唯一能直呼壬氏本名的人。

「並無特別大的變化。」

只是也沒否認。壬氏是瘦了個五公斤，但沒必要連數字也稟報得那麼清楚。

比起自己的體重，壬氏更在意的是皇帝頭髮中的幾根白絲。既然沒染黑也沒遮掩，可見一定是皇帝命人放著不管。

壬氏感覺照理來講早就不再疼痛的側腹燙傷，似乎在隱隱作痛。

皇帝日理萬機，煩惱的來源也不計其數。但是壬氏在前往西都之前幹出的好事，對皇上而言必定成了一大煩惱。

只要想到多出的白髮當中有幾根壬氏或許得負責任，心中不免內疚，但他並不後悔。

皇帝的兩側站著的，個個都是棟梁之臣。原本子昌站著的位置，如今換成了玉袁。

登基以來將過十載，公卿大臣的面孔也有了不少變化。

「華瑞月參見皇上，有事啟奏。」

壬氏重新打起精神，開始上奏。

壬氏能報上本名的對象，也就只有皇帝了。

奏疏事前已先呈交給皇帝。他只概略陳述這一年來，在戌西州發生的事情。

他看一眼玉袁，這人表情沒什麼改變，但對於兒子的死想必有些心結。

「看來朕讓你吃了不少苦。」

皇上低沉的嗓音讓他感到十分親切。從前壬氏有事上奏時，經常會在那天晚上被叫去寢宮。那時他們會就著酒菜促膝長談，但今宵是如何便不知道了。

他打算盡量簡略地把事情上奏完，然後趁著背後的羅漢還沒闖禍前速速退下。

這一年來，雖然發生了很多事情，但實際講起來幾句話就結束了。壬氏仔細上奏，本來如果沒什麼事的話可以立刻離開——

「對了，瑞月啊。」

就在上奏即將結束時，皇上對他說了。

「很久沒一道去後宮了，如何？」

而且竟然對壬氏提出了這種驚人的邀約。滿堂公卿大臣為之譁然。

壬氏作為宦官「壬氏」待過後宮是眾所皆知之事，但眾人都有默契，從未公開議論此事。壬氏感覺皇上跟他開了個大玩笑。

此時壬氏的正確回答應該是「皇上說笑了」，但他的確認真當過七年的宦官，很難這麼回答。

「……皇──」

「說笑罷了。你想必還正累著，就好生歇息至明日吧。」

皇上沒等壬氏回答。

壬氏鬆了一口氣，但也深切體會到皇上仍然是個狡猾的人物。

後來，其他幾人也上奏完畢，謁見就此結束。

待在壬氏背後的羅漢雖然沒打瞌睡，但事情一結束就飛也似的跑出了正殿。

壬氏這才鬆一口氣，走上迴廊。後面跟著馬閃與幾名侍衛。謁見時馬良也在場，但由於被眾人包圍險些把他嚇昏，很快就讓他回房了。

「叫我好生歇息，是吧。」

拜謁過皇上後，還得去問候母親皇太后，以及東宮與玉葉后才行。

之後應該就能好好歇息了。文書之類都已在船旅期間處理完成，想必可以放鬆休息個幾日。

「月君可要回房了？」

「待孤問候過皇太后與其他人再說。不過，孤想託你去找個人。」

「是什麼人？」

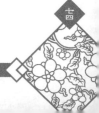

「你可以先去叫貓貓過來嗎？」

壬氏有些害臊地開口。他是確定羅漢早已不見人影，聽不見才這麼說。

若非壬氏自作多情的話，貓貓應該對壬氏有點感情才是。不然，她也不會那樣聽話地與壬氏接吻，但願如此。畢竟自己長年以來都被四兩撥千金地左躲右閃，一時之間還有點難以置信。

在船上時，由於羅漢在場加上附近有旁人目光，兩人很難發展感情。如今既然已經回京，多少加深一點感情應該也不為過。

「您說……那個姑娘嗎？」

馬閃偏著頭。

「怎麼了？有什麼問題嗎？」

馬閃在各方面都很遲鈍，壬氏明白要他去找貓貓過來會讓他有些遲疑，但為了今後著想只能請他早些習慣。

「也不是，只是醫官們今日起就要當差，我想那姑娘應該也是今日開始出勤。要屬下這就去把她叫來嗎？」

「……！」

「月君為何如此一臉的驚疑？」

「沒有，只是沒想到你竟也能講出這麼恰當的話來。」
壬氏此言讓馬閃緊緊皺起了臉孔。
「是家父提醒過屬下，說也許會需要叫貓貓過來。」
馬閃之父高順，如今已回去做皇上的貼身侍衛了。壬氏恍然大悟，一個勁地猛點頭。
這話若是高順說的，那麼除了單純關心貓貓之外，可能還有另一層含意。
「要叫她來嗎？」
「……不，不用。還是罷了。」
壬氏心想：是啊，我都忘了。壬氏是有皇上恩准才能歇息，但其他人就沒這福氣了。本來是想可以等她當差完了再過來，但復職當日就把人傳喚過來又是否妥當？
這是上頭的命令，所以她無權拒絕，但鐵定會惹來一頓「知不知道我很累啊」的冷眼。雖然那樣也不錯，不過只顧著滿足自己的需求似乎也不甚可取。
壬氏不能忘記，自己是有身分地位的人物。
「嗯……那麼，可以傳麻美過來嗎？」
「家姊的話一定隨傳隨到。」
馬閃之姊麻美，這段期間一直留在中央。憑她的優秀才幹，必能細數壬氏不在中央的一年間發生過哪些事。

與皇太后已一年未見，但她看起來一如往昔。

「你瘦了不少呢。」

反倒還驚訝於壬氏的巨變。

「因為發生了不少事情。」

有趣的是，皇上也和她說過同樣的話。自己看起來真有如此形容枯槁？

「等會兒，你是否也會去玉葉后的寢宮一趟？」

「是，兒臣也想探望東宮以及公主。」

壬氏只簡單向皇太后問安過，便退下了。皇太后雖是壬氏之母，但自從他成為宦官進入後宮，母子關係便有些疏遠。壬氏也覺得應該與母親多說幾句話，但就是難以開口。

壬氏瞞著皇太后搞出了很多問題，這讓他煩惱著不知是該尋個機會吐實，還是索性就這麼帶進墳墓裡。

接著壬氏前往玉葉后的寢宮。比起從前，玉葉后增加了不少僕從。侍衛自不待言，侍女或奶娘也多請了人手。

相迎的除了侍女長紅娘，還有原本就伺候玉葉后的那幾名侍女。

「許久未見了，紅娘、櫻花、貴園、愛藍。」
「玉葉娘娘就在裡面。」
紅娘恭謹地領著壬氏走進宮內，三個姑娘雖沒以前那般誇張，但應答的聲調還是變高了些。
「月君請。」
玉葉后與約莫五、六歲的女娃在迎賓廳裡等候。女娃是長大了的鈴麗公主。她一看見壬氏，立刻躲到玉葉后的背後。
「公主？」
「哎呀哎呀，妳是怎麼了？是皇叔呀。」
「……」
鈴麗公主只是盯著壬氏，不肯近前。以前明明還討過壬氏抱抱的。
「會不會是變得怕生了呢？」
「怕生……」
但壬氏從鈴麗公主出生以來就常來陪她。待在後宮那段時期更是數日就來訪一次。
「原來只要過了一年，就連長相都不記得了呢。」
紅娘對壬氏落井下石。

東宮早已會走路了，奶娘們跟在後頭到處跑，以防他摔倒。
「今日只是來問候的？」
「也想講點西都之事。」
玉葉后靜靜地舉起一手，紅娘隨即將公主與東宮帶到屋外。屋子裡僅餘最基本的人員。
「關於玉鶯閣下——」
玉葉后的哥哥玉鶯遭人殺害了。雖說是同父異母，做妹妹的想必心情複雜。
「我已得知此事。聽說玉鶯哥哥的長子將繼承家業。」
「正是，由鴟梟閣下繼承。」
鴟梟是玉鶯的長子，對玉葉來說是比她年長的姪子。
「他那人做事雖有些虎頭蛇尾，但應該還能擔當大任。」
「皇后與他熟識？」
「自從家父命我進入後宮，我在本家受了一段期間的教育。他那人長得像玉鶯哥哥，內在卻截然不同。只要出來引領眾人，基石自然就會穩固了。」
玉葉后的這番話，像是在說玉鶯不配成為群眾之首。
「關於我與玉鶯哥哥的關係，不知月君是如何聽說的？」
「……曾耳聞二位關係並不融洽。」

「這樣啊。容我澄清，我可是什麼也沒做唷。」

玉葉后清楚明白地說了。

「我也是啊。」

玉葉后與壬氏自然而然地用回了後宮時期的講話方式。或許是因為留在屋裡的，都是自後宮時期伺候到現在的侍女或侍衛吧。

「說得也是。西都對您這位皇弟來說是他鄉外府，不過是個鄉下地方罷了，豈有那必要謀害西域之長呢？」

「不過，說我暗殺他的謠言倒是甚囂塵上。」

「呵呵呵。你這人對權力分明是最淡泊的，真是有理說不清呢。」

玉葉后雖是笑著說的，語中卻帶有對壬氏的諷刺。她是少數幾名知道壬氏肚子上有著完整牡丹烙痕的人物之一。

「是啊。我是絕不會與您為敵的。」

壬氏故意跟玉葉后重申一遍燙上烙印時說過的話。

「……我能信任你嗎？」

「皇后請寬心。」

「月君或許是一片真心，但旁人可就不見得了。」

「我明白。」

玉葉后是社稷之內皇帝的唯一正宮。但也有不少人排斥玉葉后異於尋常茘人的紅髮碧眼容貌。而東宮也繼承了玉葉后的外貌色彩。

皇族之間的近親通婚在茘國所在多有。公卿大臣之中，也有很多人擁戴旁系皇族出身的梨花妃而非玉葉后。

至於梨花妃，則是個事事聽憑皇帝作主的人。除非玉葉后或外戚舉止狂妄胡為，否則必定不會興起篡奪皇位的心思。

結果，壬氏就成了眾人下一個吹捧的人選。更何況在皇帝得龍子之前，十幾年來東宮都是壬氏。尤其是壬氏之母——皇太后安氏的娘家，想必原本是打定了讓壬氏即帝位的主意。

「我不打算坐上任何唯吾獨尊的位子。」

縱然是皇后也無法傍著王座而坐。皇后並非皇帝的妻子，而是臣子。

「也是。」

玉葉后淡淡一笑。壬氏還來不及弄清那表情的含意，玉葉后已先從椅子起身走到窗前。然後她開窗望向外頭。

壬氏也走到窗前。院子裡有個髮色明亮的姑娘，似乎正在練習舉辦茶會。

「她是哥哥的女兒，算是我的姪女吧。我這姪女說她不想進宮，只想做我的侍女。這會兒也是，正在修習禮儀規範。」

玉葉后是個剛柔並濟的人物。待在後宮的那段時期，她身處他鄉，又時常受中央的其他嬪妃敬而遠之，但仍建立起了只屬於自己的人脈。講得難聽點，就是善於攏絡同性。壬氏之所以在宦官時期推薦她為上級嬪妃，主要也是欣賞她這不容他人欺侮的性子。

「這姑娘當初若是進不了後宮，本來是有可能配給月君做妃子的。呵呵，你可別去見她唷。要是瞧見月君這副容貌，說不定會讓她改口說要嫁給皇弟呢。」

「皇后說笑了。」

話雖如此，壬氏的確不分男女老幼常受人追求，坦白講聽了是捏一把冷汗。

「如同月君已有決心，我也已抱定心思。」

「我自知做了很多對不起皇后的事。」

「對不起我？你弄錯對象了。」

玉葉后嗓門稍微大了起來。

「請月君別忘了，你添了最大麻煩的人並不是我。」

「皇后說得是。」

壬氏只能如此回答。

她說的是貓貓、皇帝，還是兩者皆有？

壬氏想起他製造那次事端時，另一名在場的人物。

回到自己的寢宮時，水蓮正在清掃屋內。不是簡單清掃，是上上下下大掃除。

「水蓮，有幹勁是好事，但妳長途跋涉也累了吧？先歇著無妨。」

況且在他離京的期間，寢宮似乎仍然有人細心打掃。一回來就重新打掃，豈不是跟世間所說的惡婆婆沒兩樣？

「竟然要我歇著，小殿下，您也真是太天真了。」

「別再叫孤小殿下了。」

「不，像您這樣不諳世間險惡的大人叫小殿下就夠了。您看，才稍稍打掃兩下就翻出了這麼多來。」

水蓮表情愉快地拿出可疑的符咒、人偶與頭髮編成的繩子給他看。

「……」

「小殿下您可能是忘了，戀愛中的姑娘只要一沒盯著，會做出什麼事來都不知道唷。」

在西都待了一年都快忘了。這才是壬氏的日常生活。

「這也太過頭了……」

「照慣例那種縫了頭髮進去的合襠褲也沒少，您要穿嗎？」

「幫孤扔了。」

「是。」

水蓮毫不客氣地把東西丟進垃圾桶。

符咒或人偶除了情愛方面，或許也有一些是純粹想咒死壬氏。但壬氏無意去一一追查，只敢用詛咒這種拐彎抹角的手段害人的都是小賊，他懶得理會。

壬氏堅信詛咒只是迷信，所以才能看得如此豁達。不知是受了誰的影響。

「麻美來了沒？」

「來了。我讓她在後頭屋裡幫忙。」

麻美雖也是女中豪傑，但仍不是水蓮的對手。

進了廳堂，只見麻美也跟水蓮一樣，正把可疑人偶丟進垃圾桶。

「久疏問候了，月君。請放心，這些等會兒就拿去燒掉。」

這名女子就像是在西都相處慣了的桃美歲數減半的翻版。雖是高順與桃美之女，但幾乎沒有像到高順半點。

「妳能立刻將這一年來發生過的事情，說與孤聽嗎？」

「是。那麼就從與月君相關的事情說起。」

麻美一邊繼續做事，一邊開始敘述。

她說來自西都的玉鶯之女，近日之內將成為玉葉后的侍女。這事他已聽皇后說了。

接著她又說到，出現了要求早日替壬氏娶妃的意見。

還有意圖將梨花妃之子拱為東宮的黨派也在蠢蠢欲動。

「再來就是……」

麻美顯得有些難以啟齒。

「出了什麼事嗎？」

「僅僅只是傳聞。」

「說來聽聽。」

壬氏坐到椅子上，喝水蓮不知何時備好的茶。

「目前的問題是皇族子嗣太少。皇上膝下有二位龍子，月君則是未婚。因此，應該說有一群人試圖接近僅存的少數皇族男子嗎……」

「好吧，是說得過去。記得無上皇有個歲數相差很大的異母弟弟。」

輩分來說就是先帝的叔父。聽聞此人於女皇當權時期，因害怕觸怒女皇而出家為僧。

「是的。而這位大人有個兒子。」

由於是男系，因此仍保有繼承權。

「妳是說此人意圖謀反？」

「倒是沒有，態度一如往昔。他本身對政事不感興趣。只是有風聲說，另外還有一位男系皇族。」

「另外一位男系皇族？」

壬氏偏頭不解。

「這說的，究竟是幾代以前的皇族？」

「應該是三代以前。據說當時有位皇族成員觸怒了皇帝。」

「哦。」

「那人在遭到處決前便被剝奪了皇族身分，但有人說他在那之前已跟平民姑娘生了孩子。」

根據茘法，在身為皇室成員的期間生下的子女皆為皇室成員。縱然只是庶子，只要有證據就能得到皇位繼承權，但大多都是偽造。即便不假，也幾乎都消失在權貴顯要的利害算計下。

「簡直是童話故事。」

「是呀，說它荒唐都算好聽了，但既然月君問到了，也就聊作消遣。」

這是麻美在說笑。類似的傳聞早已聽到煩膩。就連娼妓之中都有人自稱為皇族私生女，以「華」字命名做買賣了。

話雖如此，也不是沒有像貓貓這種案例，因此也不能一概否定。

「我還聽說了其他風聲，您要聽嗎？」

「孤餓了，一邊用膳一邊聽妳說吧？」

「謹遵吩咐。」

麻美似乎又翻出了一個繡有頭髮的靠背，把它扔進垃圾桶裡。

壬氏看了覺得不如直接換座宮殿更省事，但又想像到貓貓皺眉罵自己不可奢侈浪費的模樣，就沒說出口了。

六話　天祐的藥房日誌

「不好意思～能不能讓我把這傢伙肢解了啊？」

天祐看著新鮮的吊死屍體說了。說是新鮮，其實也擺了整整一天以上。屍僵也自然緩解得差不多了。

說起屍僵，天祐想起獸類的肢解過程。

天祐在走醫官這條路之前是個獵師。那時他經常在山上打到獵物後就地放血，去除了內臟再帶回家。放血有助於減緩腥味，去除內臟則能讓肉不會沾染到胃裡的東西、屎尿或膽汁等，可避免肉的味道變差。

天祐做肢解的動作很快，有時會太順手連骨頭也剔除乾淨。結果總是挨父親一頓罵。在出現屍僵之前去除骨頭，會讓肉質變差。父親總是罵他「你想啃難吃的肉嗎」賞他拳頭。

這讓他不禁想像，這具屍體是帶骨的，不曉得肉質是好是壞。

「喂，誰來管管這傢伙好嗎？」

「別來找我。」

同僚以及眾位前輩，都知道天祐就是這樣。大夥兒都見怪不怪了，早就懶得講他。

「我說咪咪啊，內臟就好，我動刀把它們切掉應該不會怎樣吧？」

天祐把一旁的醫佐牽扯進來。她本名貓貓，但對天祐來說就是咪咪。

「請不要這樣，光是切開腹部就會造成一堆問題了。屍體是很臭的，必須選在適當的地方做處理。」

咪咪正兩眼發亮地整理藥櫃。比起遺體，咪咪更喜愛生藥。她的生藥見識似乎比中級醫官更淵博，身為女官卻也常被當成醫官看待。上回西都行也是一同前往。

咪咪長途乘船回來，之所以才第二天就精神抖擻，想必是因為眼前有著種類豐富的藥品。

「你們看起來活蹦亂跳的，應該可以照常當差吧？」

前輩醫官對他們這麼說，但那不是天祐能決定的。不知是不是上頭怕天祐與咪咪舟車勞頓，今日只讓他們在差事較少的藥房打打雜。

「把屍體擱在藥房幹什麼？」

姚兒抱著洗好的白布條過來了。她是高門大戶的千金，本來是不用當什麼醫佐的。天祐不懂姚兒為何要來當醫佐。接著燕燕也緊跟著過來了。燕燕是姚兒的丫鬟，什麼事都把姚兒擺第一。

「唷，燕燕。好久不見了。」

天祐故意忽視姚兒直接跟燕燕說話。姚兒顯得毫不介懷，燕燕卻不高興了。跟姚兒攀談會被燕燕威嚇，不理姚兒燕燕又不滿意。真不懂是什麼心態。

有一段時期天祐想看看這兩人若是鬧翻了會如何，於是試著百般挑弄。現在有了別的樂子，就不理她們了。

「您是李醫官……對吧？這遺體不用收走嗎？」

燕燕代替姚兒，向李醫官問道。此人是天祐的前輩醫官，也一起去過了西都。天祐其實也姓「李」，但這樣會搞得很複雜，所以大家都直呼天祐的名字。

燕燕之所以問得不太確定，是因為西行人員當中就屬李醫官變化最大。昔日文弱書生般的外觀，經過毒辣太陽與乾燥空氣的磨練，整個人皮膚曬成了古銅色，氣質也粗獷了起來。而且應付源源不絕的傷病患也讓他的心智得到鍛鍊，變得和圓木一樣粗硬。記得有次他衝著上門找碴的地痞流氓瞪回去，甚至開始放狠話說「要來就來啊」，逗得天祐捧腹大笑。

在西都的生活事事以體力為本，天天輔佐脾氣好但作風有點亂來的楊醫官這個上司，竟把他養成了一個肌肉壯漢。原因也許出在為了滋養體力而多多攝取的肉類與乳品，也可能是被胡搞瞎搞的上司或天祐氣死，只能用棉被裹著柱子拳打腳踢洩恨的緣故。在西都的日子過到最後，他甚至還把大豆粉摻進山羊生乳裡喝。

還朝復職才兩日，李醫官已經被不只十個人說「你是誰？」

「我是從西都回來的『李』醫官沒錯。至於遺體，之後還會詳查此案進行確認。」

李醫官正在閱讀這一個月左右的日誌。遠行結束後，李醫官由於證實了自己的能力與上級醫官同等，已經確定即將升官。天祐明明也切切割割了一堆傷患的手腳，卻毫無半點晉升消息。

「李醫官，我問你喔。凶手都抓到了，相驗也做了，還要調查什麼啊？」

天祐是真的不解。可能是看他閒著沒事做，一整籃洗好的白布條直接擺到了天祐面前。燕燕施加無言壓力，要他把布條捲起來收好。

「就是還要調查。」

「我想也是。」

咪咪一面收拾要丟棄的生藥，一面同意李醫官所言。

「什麼叫做妳想也是？」

天祐向咪咪問道。若是禽獸的身體結構還另當別論，其他知識的豐富程度仍是咪咪比天祐略勝一籌。

「凶手是三位女官。論數目，論道理，論紙上空談，是有可能殺害一位武官。漫無計畫的勾當有時也會歪打正著。但反過來說，也大有可能搞砸。」

「不就是湊巧得手了嗎？」

「我不懂政事或律法，但她們真的只是湊巧得手，抑或是其他因素介入而成事？假若有其他因素介入，能成為證據的遺體就不能隨意遺棄或是亂動。」

李醫官沒做什麼反應。這就表示咪咪說得沒錯。

「此話怎講？咪咪與眼鏡矮子不是已經證實她們有罪了？」

天祐聽得不甚明白，歪著腦袋。

「還是需要解剖吧？要嗎？」

「休得胡鬧！」

李醫官放下日誌，站到遺體旁邊。

「不要嚷嚷著說這兒有遺體。我們是已經習慣了，但其他各署的人聽到，臉色可不會好看。」

「是是是～」

大概是回話得不夠莊重，天祐挨了李醫官的拳頭。李醫官不知是不是長了肌肉的緣故，變得比以前更愛用拳頭說話。

「姚兒、燕燕，打斷妳們一下。」

李醫官向一旁安靜偷聽的兩人說道。

「我看過日誌了，妳們不要緊嗎？不打算回女子宿舍了？」

「您說什麼？我怎麼都沒聽說？」

咪咪也望向二人。不知為何，她的臉色很糟。

「貓貓妳還沒聽說吧。之前由於女子宿舍人滿為患，無法再容納新進女官，上頭是希望能募集到一些人自願遷出。我想說我與燕燕很少回宿舍，這也算是個機會。不過相對地，我有請人替妳留著房間。我偶爾打掃過幾次，灰塵沒太大吧？」

「不會，很乾淨，謝謝姑娘。可是，妳們竟然遷出宿舍了……咦，所以妳們還住在那個家裡？」

咪咪的臉孔略微抽搐。不知「那個家」指的是什麼？天祐的好奇心不斷膨脹。

「是呀，可以這麼說。畢竟家什也變多了，要搬走也費事。」

「根本是定居下來了嘛。」

「我可是有付房錢的唷。」

「羅半大人不肯收，所以我都是交給值得信賴的家僕。」

燕燕的神情略顯尷尬。平常姚兒說什麼燕燕都點頭稱是，關於這件事卻似乎另有想法。

咪咪歪頭仰望著天花板。聽起來內容挺尷尬的，天祐兩眼發亮，思量著如何才能找機會插嘴。

「我問一下，那妳們倆現在住哪？」

天祐開門見山地問問看。

「我對此事一無所知，妳們自個兒處理吧。我只求偶爾能吃到燕燕的飯菜就好。」

「貓貓……」

燕燕帶著央求的眼神看著咪咪。

「我現在也會做不少菜了唷！」

姚兒也沒閒著，講話像是跟燕燕打對台。

完全沒人要理會天祐。

「我在問妳們啊。」

天祐正想再次強行岔入話題時，脖子被人一把抓住。

「你給我繼續幹活。」

李醫官的肌肉，已經發達到能把天祐當成跟鄰居借來的貓似的拎起來。兩人個頭明明差不多，到底是鍛鍊得多強壯啊？

「她們三個不也在聊天嗎？」

「人家手可沒停下來。」

咪咪把需要丟棄的生藥記在簿本上，姚兒與燕燕把白布條捲起來收進櫃子。
「你弄這個。」
李醫官把自己看過的日誌往天祐面前一擺。
「你把日誌上記載的特殊病例細查一遍確認清楚，聽到沒？」
「……是。」
天祐感覺到一股壓力，彷彿自己若不乖乖答應，頸骨就要分家了。

七話　麻美與不中用的弟弟

這是怎麼搞的？

麻美看著大約一年不見的弟弟一干人等，心裡做如此想。

「真是好久不見了呢，麻美大姑。我們回來嘍。」

第一個同她打招呼的，是大弟馬良的妻子雀。麻美原本就與她認識，知道她個性極其開朗，但現在怎麼成了這副模樣？

「妳怎麼變成這樣？」

雀的右臂吊掛著。豈止如此，身上到處都是撕裂傷與割傷，而且講話聲音也有些模糊，聽得出來受了內傷。

「稍微失手了一下，右手就這麼廢了～哎，大姑別擔心。就如妳所見，單手還是能變出一兩種戲法的。」

雀的掌心冒出一堆的花朵與旗子。

雀的丈夫馬良，依然用平素那種了無生趣的眼神看著妻子。麻美是擔心雀的傷勢，但還有一個渾小子等著她操心。

「馬閃，你身上那是什麼東西！」

二弟的肩膀上坐著隻家鴨。昨晚月君派他來叫麻美時，可沒看到這隻鴨子。到底是從哪裡帶來的？

「牠是家鴨舒鳧。」

馬閃一臉嚴肅地說了。這個弟弟沒聰明到會說笑話，換言之此話是認真的。

「我沒在問你牠的名字。嗚！你身上都是家畜的臭味。」

麻美用衣袖摀鼻。仔細一瞧，馬閃的衣服上上下下都沾了鴨糞。

「母親大人，請問這是怎麼一回事？」

她向同自西都還京的母親桃美把事情問個清楚。桃美半睜異色雙眼，無話可說地看著么兒。

「我說過要他把鴨子留在西都了。」

「雀姊也說了，現在養得胖嘟嘟正好吃呀。」

馬閃同時被母親與嫂子瞪著。

「夠了沒啊，說不吃就不吃！舒鳧是我的家眷，妳們要我吃家眷，那我豈不是比豬狗還不如？」

「到底是發生了什麼事？」

在前往西都之前，馬閃是常常弄得滿身家畜臭味回來，說是有特別任務在身，難道是因為那樣而對家鴨萌生了愛意？難怪時常看到他若有所思，還想說是不是有心上人了，難不成對象是這家鴨？

「馬閃，這家鴨可是母鴨？」

「是啊，兩天會下一顆好蛋。」

不知為何，馬閃顯得很自豪。待在西都的期間似乎也沒疏於鍛鍊，娃娃臉的腮幫子凹進去了一點，才在想說變得精悍些了，沒想到腦子卻退化了。

「麻美大姑、麻美大姑，外頭還很冷呢，能否讓我們早點進屋呀？雀姊就如妳所看到的一身是病，難受得很哪。」

雀嚶嚶假哭著靠向馬良。馬良一瞬間臉孔歪扭，但沒說什麼就讓雀靠著。大概雀沒在開玩笑，是真的身體欠佳吧。

「好吧。房間打掃過了，去問候爺爺之前先把衣服換了吧。考慮到大家長途旅行也累了，宴會什麼的預定在十日後舉行。對了，父親大人呢？」

「回皇上身邊去了。」

父親高順本是皇帝的隨從。現在要上報西都之事又要整理擱置的公務，可能要在宮中待上一陣子了。

她和桃美、馬良與雀一起走進宅子。

「你給我停下來。」

「姊姊有何指示？」

「還問我有何指示！你休想把家鴨帶進宅子，不像話！立刻抓去給我放生！」

「麻美，說得好。」

桃美不住地點頭。大概是在西都吵了半天，最後是桃美投降吧。竟然能讓母親認輸，也許只能說馬閃真是好的不學學壞的。

「竟然想把家畜帶進屋裡，還有沒有規矩啊。」

「母親不也養過梟嗎！」

「梟不是家畜！更何況我又沒把牠帶回來，哪有什麼問題！」

聽起來母親似乎也在西都放縱了一下。但麻美現在不想把事情弄得那麼複雜，因此決定只針對馬閃一個人。

「馬閃，在你把那家鴨處理掉之前，不許你進宅子。」

桃美關上屋宅大門。

「姊姊！我會認真餵飯，也會帶牠去散步的。」

「只有一開始會吧，久了就懶了！」
「姊姊！舒㒟很乖的，從不在屋裡拉屎。」
「你一身衣服滿是鴨屎還好意思說！」
麻美正隔著門板跟馬閃吵著讓人哭笑不得的事時，就感覺到有人在拉自己的衣角。
「母親，有客人嗎？」
麻美的一雙兒女，還有弟弟夫妻的兒子都過來了。家中在雀嫁進來時就和她說好，孩子都由她這大姑來帶。小男生雖是麻美的姪子，但麻美視他為半個親骨肉。
「不是客人，是外婆、舅舅與舅媽。你們不記得了？」
「外婆？」
對小孩子來說，一年的空白很長。以往那麼黏外婆的孩子們，如今都躲得遠遠的看她。不過，只有最大的孫子似乎還依稀記得外婆，靠近了過來。
「外婆，您回來了。」
「你長大了呢。」
桃美摸摸麻美給她生的孫子。孫女與長孫見狀，也跟著學。
「哎喲，看看這孩子。我離京時，他還只會在地上爬呢。」
桃美溫柔地摸摸長孫，把他抱起來。然後，把孩子遞到馬良的面前。

「你一年沒見著親兒子了，抱抱他吧。」

馬良慌了起來，戰戰兢兢地抱起自己的孩子。雖是個鎮日與公案為伍的文官，看來一個小娃娃的話還抱得動。

雀也目不轉睛地看著親生兒子的臉蛋。

「好好好～你別哭喔～」

雀又一次手巧地變起戲法，逗小孩子開心。雀的雙手已經抱不動孩子了。但更主要的理由是，雀從來就無意撫摸自己的孩子。

雀是生了孩子沒錯，但絲毫無意成為人母。

「阿姨，妳是誰？」

「是了～我是雀姊唷。對，我是你的阿姨。」

雀把戲法變出的旗子拿給孩子們後，往前走去。

「那麼，雀姊先回房去了。」

雀動作乍看之下很輕盈，但看得出來在硬撐。

麻美瞟了馬良一眼。

「你怎麼一點傷都沒有？老婆都弄得一身是傷了。」

守護皇族，是「馬字一族」的職責所在。

「雀姊到底是怎麼搞成那樣的？」
「是阿姊擅自答應雀，婚後照樣讓她自由行事不是嗎？」
「瞧你神氣的。」
麻美用腳去踢馬良的小腿。馬良抱著一條腿跳來跳去。
「好了，我們去吃點心吧。」
「是，母親。」
「親。」
「……」
只有姪子還不太會說話，舉手作答。如果像到雀的話將來也許能說一口流利外語，但目前還只會講些隻言片語而已。
「請母親大人與馬良向爺爺報告歸國一事。熱水與替換衣物已在房裡備好了。」
「好。」
桃美與馬良往宅子深處走去。
麻美把孩子們託給奶娘照顧。
麻美不只是肩負母職。馬字一族的男人們隨時都有可能保護皇族而死。因此女人必須擔

起首領的職責，好讓家族不管死去多少男人都能運作不休。

桃美他們的報告內容，麻美也必須確認清楚。這件事上不能有疏漏。

「我與你也都得到場聽報告才行……你是打算在外頭待多久？」

麻美打開了面朝後院的窗戶。只見馬閃在那裡抱著家鴨，像是不知該何去何從。一身輕柔羽毛的白色家鴨，抱起來應該滿溫暖的。

「姊姊願意接受舒鳧成為一家人了？」

「我說話你都沒在聽呢。跟你說了不許把家鴨帶進宅子裡了。你把牠帶進宅子裡，孩子們豈不是有樣學樣？要是他們每個都跑來和我討小鴨子，你負得了責任嗎？」

「這、這倒也是。」

「最好的方法是照雀姊說的，把牠端上餐桌。」

馬閃抱緊家鴨，用眼神叫她住手。雖然實在不是加過元服的男子該有的舉動，但麻美注意到了馬閃的一項成長。

「你是不是學會控制力道了？」

「我也不會永遠只是個孩子。」

馬閃臂力孔武過人，遠非尋常武官所能及。這是來自於他天生肌肉發達，且不易感受到痛的體質。

麻美兒時曾經被馬閃折斷過手臂。馬閃的蠻力就是大到鬧個脾氣能讓人骨折，長年以來為了無法控制力道而吃了不少苦。

這個么弟對女人不感興趣，想必是因為當時的記憶太深刻所致。碰到姑娘家會把人家弄傷，已經成了根深柢固的觀念。

麻美輪流看看馬閃與家鴨。

「我說啊，你不如把這家鴨送回原處算了吧？」

「我不能現在再把牠送回西都。」

「不是不是，我是說你去西都之前常去的那兒。這家鴨不就是從那兒要來的？」

「啊！」

馬閃似乎聽到這裡才想起來。

「不，可是，那兒已經沒我的事了，沒事跑去做什麼……」

馬閃變得滿臉通紅。這下謎底揭曉了吧，麻美作為女子的直覺立刻反應過來。看來馬閃再離譜，也不至於拿家鴨當對象。

「沒事自己找事就是啦。把家鴨送還回去，順便探望一下照顧過自己的人有何不可？」

「……」

馬閃沉默了。這小子在男女情愛這方面究竟是有多晚熟？不過照這樣子看來，感覺再加把勁就會從實招來了。
「既然在飼養家鴨，對方可是農民？」
「不是。」
馬閃明確地回答。
「那麼是出家人了？」
萬一對方是尼姑，這路就難走了。
「她並非自願出家。」
馬閃很單純。不用他明講是誰，用套話的方式就能輕鬆問出答案。
麻美的消息雖沒「巳字一族」靈通，但也堪稱包打聽。
這幾年來，馬閃身邊可有被迫出家之人？既是被迫出家，又與馬閃有機會接觸。而且還與家鴨有所關聯，答案已經呼之欲出。
「……我問你，對方該不會曾為嬪妃吧？」
「姊、姊姊姊姊、姊姊此話何意？」
馬閃明顯地失去鎮靜。
上級嬪妃里樹曾以擾亂宮廷之罪被罰出家。麻美聽說當時為了預防一些無來由的嫉妒，她被送進了稍稍不同於一般的寺院。目前應該是寄身於研究長生不老的道觀。那裡遵循醫食同源之理，為了以飲食方式延年益壽，對各種農法與家畜飼育均有研究。

里樹乃是「卯字一族」的千金。母親是卯字一族的本家之女，與皇帝是青梅竹馬。皇帝關心里樹的人身安全，曾多次派「馬字一族」之人去護衛。根據報告指出，親生父親待她並不好。謠言說她是二度進宮、不知羞恥的惡女，實情卻是被當成了政治工具恣意利用。

里樹是個可憐姑娘。但馬字一族也不便對其他賜字一族橫加干涉，也就置之不理了。

卯字一族的門第早已大幅衰退。里樹的父親是上門女婿，但據說並沒有足以撐起名門的才學。如果里樹能繼續做上級嬪妃，家門也不至於沒落至此。

如今她的門第一落千丈，本身又是二度被休的出家女兒。

「你的眼光也真怪。」

「什麼叫做我眼光怪！」

馬閃鼻子噴著粗氣。家鴨離開馬閃的臂彎，跑去啄食後院的草。

「姊姊對她又知道些什麼了，還請勿要妄加批評！她就像是朵待春的小花，是個逆來順受的好姑娘！」

「我什麼都還沒說呢。」

馬閃的臉瞬間漲紅。

不用多問什麼就自己招了，看來這小子還嫩得很。照他這德性，要成為父親高順那樣的天子親信是作夢。麻美覺得他只配做到侍衛。

「待春的小花是吧……」

麻美或桃美會被比為何種花卉？麻美的話，倒是曾被比為纏人的藤蔓。麻美明白這種評語來自她憑著一份執著，讓夫君投降的嫁人經過。

話說回來，現在有了個問題。

她是慫恿了馬閃沒錯，但是與出家的前上級嬪妃頻繁往來是否見容於世？

從常識來想，答案是否。

話雖如此，要這個好不容易對姑娘家動情的弟弟面對現實死了這條心，又覺得於心不忍。自己這個做姊姊的，難道就真的幫不了忙嗎？

馬字一族的女子以才智為武器。為了在男人們出事時能立刻相助，她們必須做到神機妙算，以便隨時坐鎮指揮。

為了馬字一族著想，索性叫弟弟早點死心就是了。但是，那不是麻美的作風。

話雖如此，一味支持而不考慮後果也實在是不負責任。

麻美後悔以前不該亂給馬閃出主意。

「馬閃，總之你先去把家鴨送回原處。只是在送回去之前，要先跟人家通報一聲。」

「先通報一聲嗎？」

「對，通報。你在那兒已經沒差要辦了不是？命令馬閃去辦差的上司，可是月君？去之前一定要先問過上司，聽見沒？」

在可能引發問題時，要先把上頭捲進騷動之中。這是麻美一貫的手法。

「聽、聽見了。」

「還有，你把家鴨還回去時，我也和你一塊兒去。」

「姊姊跟來做甚？」

「那兒除了家鴨之外不是還有很多其他家畜嗎？我想帶孩子們去看看，幫孩子培養品德。然後順便碰巧遇見某位名門千金。」

簡言之就是製造話題。

賜字一族每年會有幾次聚會。只要不是「羅字一族」那種奇人，大多都願意到場。聚會的時期也快到了。

卯字一族門第已經沒落。造成原因的里樹之父想必不會到場，而是由其他人代為出席。麻美可以拿陪伴爺爺做藉口，接近卯字一族。播下的種子再從這裡萌芽即可。

「你在西都都做了些什麼？有沒有立下什麼彪炳的武功？」

「姊姊應該沒接到這類消息吧？除非在打仗，否則武官是很難立功的。」

若是生在戰亂之世，馬閃大概早就斬下無數首級了。但她同時也覺得，照他這種亂來的性子活不了多久。

「說得也是，報上來的都是某個農民立功無數的消息，真是莫名其妙。」

「是啊，那位農民可優秀了。」

「所以那是真的？」

到底是號什麼樣的人物？麻美被引起了興趣。一個農民能讓自己這樣出人頭地不是簡單的事。只是那名字太常見，麻美不記得了。

「你在西都淨做了些什麼？」

「撲滅盜賊與蟲子。」

「嗯，不濟事。」

幾年前曾有武官獲皇帝賜婚中級嬪妃，但這下看來是很難依樣畫葫蘆了。

「或者，也可以訴諸於皇上的一片父母心……」

記得皇帝過去把里樹視為掌上明珠。若是如此的話，不如把阿多也一併捲進來吧。

「姊姊，您在喃喃自語些什麼？」

「啊——你很煩耶。我有很多事要考慮啦。總之，你給我去通報月君！聽見沒！」

「我、我去辦就是了。」

「還有，家鴨先放在院子裡，你去洗沐更衣。你不在場，母親大人怎麼報告事情？」

「明白了。」

馬閃跟家鴨叮嚀了幾句，請園丁暫時照顧牠。

麻美看著這個不懂男女之情的麻煩弟弟，考慮著下一步棋該怎麼走。

八話　阿兄正傳

餘寒，晴天

踩麥。讓鄰居大娘與小孩也來幫忙，踩了約百畝。農閒期做這不錯，但不知還有沒有其他事情可做？

梅花，雪天

管理倉庫裡的甘藷。難就難在必須注意氣溫，否則很快就會腐爛。摸索甘藷乾以外的加工法。

羅半寄了信來。他想幹嘛？

春寒，雨天

羅半來了。說是有件事只能交給我辦。這事若成，進宮當官也不是夢話。

我不是個只能埋沒在農村的男人。

早春，陰天

由於必須離家一段時日，田地交給值得信賴的農民打理。

另外，也得從農村的年輕人當中，找人與我一道上路。據羅半的說法，職場需要適應力強的壯丁。也有不少人的家裡不能沒人幹活，就從那些無親無故的裡頭找吧。

淺春，晴天

羅半把我帶到了港口。要走海路嗎？

他託我帶上的甘藷與馬鈴薯等都埋在稻殼裡。羅半做交易會用到嗎？

嗯？等一下，羅漢伯父怎麼會出現在這兒！

咦？什麼到西都勸農教稼，我怎麼沒聽說？

仲春，晴天

大海，大海，還是大海。

幸好我不怕乘船搭車，看到羅漢伯父吐得稀里嘩啦的讓我深有此感。伯父絲毫沒認出我這個姪子。我明明跟他講了幾次我的名字。好吧，是無所謂啦。

在船上無事可做，於是就到廚房幫忙下廚，或是閒來無事玩玩垂釣。其實這是廢話，不過汪洋大海之上還真沒地可耕。

春色，陰天

眾人於亞南國暫時停留。

畢竟是南國，農作物色彩豐富。大多是水果，沒什麼旱田作物。想必是因為海風容易造成鹽害吧。

從市場買來的水果種子，不知在茘國種不種得起來。

春暖，晴天

抵達戌西州。放眼望去盡是草原，其他什麼也沒有。雖然有很多土地似乎適於開墾耕作，無奈水源珍稀。不知能不能設法尋得水源，打造堤堰渠塘？

還有可能是上了陸地的緣故，羅漢伯父變得異樣地活蹦亂跳。

陽春，晴天

眾人決定暫居西都大宅。

我想先來整理行囊，卻發現帶來的種薯不翼而飛。

看來似乎是錯放到醫官們的行囊那邊去了，於是前往藥房。

莫名其妙看到了有些眼熟的面孔。羅半一個好像叫貓貓的義妹來了。不知為何她叫我「羅半他哥」，這才想起我還沒做過自我介紹。我想做自我介紹，但她不肯聽。我就是這樣才討厭羅字世系，沒一個人要聽別人說話。

櫻花，晴天

結果我必須前去農村，教村民如何栽培薯芋。

為何我得大老遠跑來戌西州務農……

帶來的其他人都說做習慣了，似乎不以為意，但這根本是欺詐。羅半那小子，做人怎麼會那麼惡毒？

話又說回來，這兒的農村也太不像話了。是沒打算把麥子種好嗎？播種錯過了時期，而且看麥子沒促進分蘗就知道沒踩麥。土地搞得這麼貧瘠，好歹撒點壁爐灰什麼的啦。

春風，晴天

戌西州都沒在下雨的。

跟貓貓他們一同來到農村是無妨，但結果我得教導農民如何栽培薯芋一陣子。比起甘藷，馬鈴薯似乎更適合這裡的氣候。

說到這個，大家還提起了蝗災什麼的。我也覺得飛蝗的數量多了點。這些蟲子不管怎麼驅趕都會大量湧出，實在困擾。先拿貓貓給的農藥沖淡了灑點。

新綠，晴天

戌西州白日陽光強烈炎熱，晚上則冷得凍人。冷熱溫差如此激烈，我擔心薯芋會長不好。

結束了在農村的勞動，回到西都大宅。宅第裡有個名叫雀的侍女買來的山羊。別把山羊放著不管啊，這些畜生會把草連根啃光，弄得到處寸草不生的。吃雜草還好，要是連作物也被啃食就困擾了。除了山羊之外，還看到了家鴨。聽說這裡是高官別院，成天帶家畜進來不會挨罵嗎？

正在收拾農具時，一個微胖的老叔好意來找我喝茶。聽說是醫官，整個人氣質和羅門叔公有些相近。不，比起叔公感覺更迷迷糊糊的。

難得人家好意，本來想喝杯茶的，那位大人卻到來了。

我早有耳聞了。這位大人髮如黑綾，膚若白瓷，鼻梁高挺，雙眼宛如一對鑲嵌著的黑曜石。美若天仙只應天上有的翩翩公子，就在我的眼前。

唯一可惜的是右頰有道傷疤，要不是有那道傷，我不知道是否還能保持理智。那是一種會讓人如醉如狂的美。

我吞吞口水，回話回得語無倫次。大人對我說了些話，但內容全然沒聽進腦子裡。

所以我隨口回答了。也無從拒絕。

我就這麼被命令踏上橫越戍西州的薯芋普及之旅。

立夏，晴天

我與薯芋一同乘馬車一路顛簸，從這個村子遠行至下個村子。

有時村民會用白眼看我。我無所謂，早習慣了。

祖父被羅漢伯父與羅半逐出家門時，旁人的眼光可說冷漠至極。祖父與娘成天發脾氣，阿爹卻生龍活虎地開始務農，我都不知該如何自處了。一個十歲出頭的孩子也只能看大人臉色，設法適應環境。真的，不得不說我做得真好，了不起。

想起那些往事，就覺得換個角度想想，在農村專心耕作倒也不是難事。

啊──等這趟旅程結束後，我一定要娶媳婦，娶個可愛又不會凶巴巴，也不會亂發脾氣的媳婦。

薰風，晴天

在一個村子能待的時間很短。我必須在幾天內，把能教的都教完。

本來想用珍貴的紙張整理成文書，但很難實行。這是因為農村百姓大多目不識丁，寫了也不見得看得懂。

如何將知識化繁為簡，教的時候還不錯過要點？關鍵就在這裡。

也許是我越來越會教了，村民最起碼漸漸開始把我當客人看待，而不再是外人。偶爾會有村姑端茶來給我。雖是個可愛姑娘，但那種可愛姑娘早就有丈夫或是約定終身的郎君了，別以為我不知道。千萬別誤會了。對方稍微對自己好些就以為人家對自己有意思，這種自作多情的男人可是會被嫌棄的。

能夠體驗遙遠地域的飲食文化真是獲益良多。聽說當地百姓為了補充不足的營養，有時會種豆芽菜。我跟他們要了些用來種芽菜的豆子，等回到西都就來種種看吧。

綠葉，晴天

我用了鴿子與月君互通音信。雖然方便但只能單向通行，這點倒很麻煩。鴿子用完之前，就會先自西都補充新的。

現在來到的地方已經離西都路途遙遠。再往前走一點就要折返了。我在那個村子發現了有趣的小麥。聽人家說有塊田的收成特別好，一經調查，發現田裡的小麥比一般麥子長得矮，因此倒伏較少。可能是因為這個緣故，每枝麥子結穗也較多。大概是偶然長得矮的小麥越長越多了吧。我要了點麥種，當成有趣的標本。

深綠，陰天

好，這下總算走完一半了。等旅程結束，我一定要娶媳婦。

可是，總覺得天氣怪怪的。天空陰沉沉的。怪了，現在又不是雨季。

仰望天空，就看到烏雲伴隨著怪聲靠近。凝目一看，那雲竟是一大群飛蟲。終於……終於還是來了。

梅雨，蝗翅蔽天

飛蝗不斷來襲，打也打不完。我把剩下的鴿子都放走，火速讓帶來的農村青年返回西都。

該死，要是能再緩半個月就好了。被啃食清空的麥田，遍地盡是被踩死的飛蝗。螳臂擋車，寡不敵眾。做什麼都阻擋不了遮天蔽日的飛蝗。

再這樣下去會演變成飢荒。要四處蒐集殘餘的作物，或是啃食樹皮草根都成。得想想法子，總得想想法子。

梅雨，晴天

我把剩下的馬鈴薯分給大家充飢，甘藷做成了甘藷乾。

飢荒會讓人開始搶劫偷盜。這是不分大人小孩的。我無糧可發，只能為了一點淺薄的良心把甘藷乾分給可能會餓肚子的孩子。

小暑，晴天

嗚哇啊啊啊啊啊！

盜賊要殺我——！

見鬼了！

行囊被偷了！

盛暑，晴天

總算就快到西都了。

愈是靠近西都，村子近鄰就有愈多官吏守著。蝗災造成難民自西方流落而來，我也被當成其中之一。

嗚嗚，身體好不舒服。沒辦法洗澡，也沒吃上幾口飯。以水當鏡映出的相貌，一副滿是鬍鬚與汙垢的落魄樣。身上的錢與甘藷乾全沒了，只有麥種與綠豆死守了下來。

又是被盜賊劫掠，又是帶在身上的甘藷乾差點被搶，現在誰我都信不過了。好吧，雖然也有一些人親切對待過我就是。

得早日回到西都，說明情形才行。

盛夏，晴天

抵達西都了。

我報上名姓卻沒人理會。這怎麼回事？

不會是沒人把我的名姓登記在冊之類的吧？

遇到這種情況，我該怎麼辦？羅半又不在，報出貓貓的名字也不合理。真要說起來，命令是月君下的。好，雖然感覺有點兒厚臉皮，畢竟事態緊急，我決定請官吏把月君請來。我得喊大聲點才能得到回應。喊著喊著，那些人就把我關進了像是牢房的地方。

大暑，晴天

後來貓貓他們來接我，我暫住西都大宅。

糧食嚴重告缺。挨餓會讓人心動亂不安。

我現在唯一能做的便是種植可食作物。

立秋，晴天

來自中央的救難物資送到了。我找過裡面有沒有能立刻長大的作物，沒有。幾乎都是穀物或藥品之類，但完全不夠。難民不斷從西方到來。

沒有什麼辦法能填飽民眾的肚子嗎？我一邊拿雜草或害蟲當飼料餵山羊與家鴨，一邊動腦思考。

殘暑，晴天

糧食不足似乎開始導致營養失衡。貓貓的說法是蔬菜太少。

我該把偷偷種植的芽菜拿給她看嗎？

另外她也找我商量栽培藥草的方法。在西都恐怕很難吧。

不過所謂的醫官，是否大多都是怪人？不只是貓貓或羅門叔公，這個號稱曾做過後宮醫官的老叔，也總是來找我喝茶。不過沒差，反正我看他不像壞人。

秋暑，晴天

臭——羅——半————！

那個混帳，我要宰了他。

他憑什麼跟兩個未婚姑娘同居啊！

初秋，晴天

雖說我是被羅半騙來了西都，但看就知道為政這檔事著實麻煩。就我看來，月君這人雖然做事低調，但是相當務實。他想在問題發生前防範於未然。可是在人世間，總是問題發生之後再來解決比較容易博得美名。那種行事精明的人真教人羨慕。

話又說回來，山羊與家鴨，怎麼會變成是我在照顧？可是我得把牠們保護好，否則雀姊老想著吃了牠們。畢竟到處都是飢腸轆轆的人嘛。

新涼，晴天

西都還真的都不下雨的耶，為了澆水傷透了我的腦筋。但凡大戶人家都會打造池塘炫耀財富，用的應該是地下水吧。多虧有這池塘，種起芽菜容易多了。

我在西都近處開墾了田地，但最大的問題是灌溉。汲取地下水來灌溉不符合現實考量。

若能從河川引水就好了，但那得大興土木。看來還是只能在傍水之處墾田了。

常常進出宅子內外就會知道，城裡的氣氛是一天糟過一天。民眾都餓得又急又氣，搶奪食物之事也所在多有。

蝗災分明是天災，卻有些傢伙聲稱是來自他邦的詛咒。最好是啦。

氣氛真夠糟的。

涼風，晴天

該來的總是會來。

民眾湧向了月君暫居的府邸。事情會變成怎樣啊？我說真的。

我腦子都亂了。

秋涼，晴天

我腦子更亂了。

那個什麼西都之長玉鶯死了。

怎麼會變成這樣？

秋色，晴天

我決定不再去思考那些政治鬥爭了。我不懂那些事。我以為自己並不笨，但看來這不是我的專門。嗯，搞得我胃痛到要死。要是換成羅半的話，一定會看得很開繼續做他的事吧。論這點我絕對贏不了他。

那個叫什麼玉鶯的仁兄死了，搞得大家都死氣沉沉的。府裡的家僕也都無心幹活。可是，田裡的作物跟這些事情無關。今天也得繼續墾田才行。

秋晴，晴天

月君決定遷離別院了。醫官老叔與貓貓他們似乎也準備跟隨，但我想再留在別院一陣子。庭院已經開墾出一個規模了。雖然園丁恨透了我，但傍水之處比較利於種植作物。

秋麗，晴天

遷居的本宅有著一大間溫室。裡面種過小黃瓜，但已經被殘忍地拔掉了。

貓貓喜孜孜地在撒生藥種子，管理溫室的一名老叔瞪著貓貓，像是恨不得用視線把她射死。

我即使對事情一無所知，也一眼就掌握了狀況。

紅葉，晴天

別院的庭院全都開墾成了田地。

接著來處理本宅。我不會像貓貓那樣胡來。我規規矩矩地請雀姊去徵求了許可，也跟玉家一個叫虎狼的男子確認過，想必一切妥當。

醫官老叔閒暇時會來幫忙下田，但腿受了傷。好像是被玉家小少爺給打的。

記得小少爺名叫玉隼，總是對家僕頤指氣使的。他們最好趁著還能糾正的時候讓他改過來，否則以後只會學壞。

不過這麼說來，說不定我本來也會被祖父和娘影響成那樣。若非羅漢伯父奪走家督之位，我大概也被教成羅家的任性小少爺了吧。

代替醫官老叔，侍衛李白兄也會來幫忙。只要盡快耕好田地再撒上貝灰就能把小麥播種，所以我相當賣命。

園丁伯伯一直盯著我瞧，但我有徵求許可，應該沒關係吧。

秋冷，晴天

阿爹來信問我薯芋種了沒。囉嗦耶，種了啦。羅半不知阿爹的本性，不曉得他有沒有管好阿爹。

祖父和娘也是，不曉得過得好不好？他們兩位平素趾高氣揚，其實有時候內心挺脆弱的。自尊心強過了頭，也是蠻找罪受的。祖父也是，若不是有羅門叔公那樣過於優秀的弟弟，我想脾性也不至於變成如此。

正在寫回信時，我看到玉隼在欺負他一個叫小紅的表妹。我一走過去他就溜了。哼，不敢面對就別欺負人啊。

喂，山羊，紙是很珍貴的。那是我跟醫官老叔要來的高級紙啊，不准吃。

晚秋，晴天

今天在本宅照顧田地。我在田裡分區種下了不同的小麥種子，想看看之前那種矮稈小麥與普通小麥，在同樣環境下收成能差到多少。欲知結果如何，且等半年之後……不是，我到底打算在西都待多久啊？啥時我才能回家？

李白兄與虎狼都來幫忙，所以立刻就結束了。虎狼分明是好人家的少爺，卻像店裡學徒似的幫我做很多事，真是感激不盡。做哥哥的有那種弟弟一定很幸福。

總之我先前往藥房，順便想休息一下。醫官老叔會泡茶給我喝。最近羅漢伯父也常來參加茶會，大概是來看貓貓的，但貓貓一察覺到他出現就跑不見了。可能是氣質跟羅門叔公相近之故，老叔相當擅長應付羅漢伯父。我深切地體會到天生我才必有用的道理。

這天羅漢伯父不在，換成了一個孩子。是個年方十二、三歲，還沒加元服的男孩。這孩子做事機靈，是個不可多得的好僮僕。

我跟他偶然碰到過幾次，但還沒問過名字。這次他跟我說想做自我介紹。嗯，真是個懂事的孩子。可是……這樣啊，你也叫「漢俊杰」啊。喔，這名字很常見啊，嗯，我這名字也真是找找都一堆。哦，你是長子啊。而且表字還叫做「伯雲」啊。說得也是，長子大多都是這種表字吧。真巧，我也是長子。

咦？若是有人和你同名，你就要改名？何出此言啊，哪來的這種決心？不用啦，你不用這麼做。別露出一副毅然決然的神情啦。我不會只因為名字重複就欺負你的。不不，且慢，幹嘛這樣……

總之我就這樣，自稱為「羅半他哥」了。

落葉，晴天

本宅不知道在吵什麼。但我很忙，還是先採收大豆要緊。

霜秋，晴天

羅漢伯父成天跑來想見貓貓，吵死人了。真佩服醫官老叔有耐性陪他。

雀姊說貓貓去港市採買，暫時不會回來。幾天的話我懂，但好像最少已經十天沒回來了？

也沒看見雀姊的人。還有本宅的氣氛也不太安穩。

我也在奇怪，不知道發生了什麼事。可是就算我去過問，又能怎樣？我若是有那麼大的權力或能耐就好了，無奈我沒那方面的才能。胡亂插手也不會有好下場。

與其去管那些，不如想想採收的大豆是要直接食用、加工還是種成芽菜比較有意義。

初冬，陰天

羅漢伯父瘋魔了。雖說他本來就瘋瘋癲癲的，但今天行為更是奇怪。先是找上了月君，接著怎麼又開始指責虎狼？不是，怎麼忽然就燒起文書來了？伯父你這是做甚啊！

真可怕，比起祖父或阿爹又是另一種可怕。

是說虎狼你也差不多，臉色不改的很可怕耶。嗯？咦？你幹嘛跪坐在點燃的文書上磕頭啊。好可怕，超可怕的！要燒傷了，你想燒死自己啊！水，快拿水來！

臘月，晴天

羅漢伯父之所以指責虎狼，好像是因為他陷害了貓貓。那當然要發火了。其實伯父那人只要別去招惹他，也不過就是個有點找麻煩的老傢伙罷了。再來就是比較煩人一點。

虎狼也是個狂人，行為準則超出了我的理解範圍。為了擁戴月君成為西都之長，竟然嫌自己的哥哥礙事想把他除掉，這個混帳東西，原來根本是笑裡藏刀。本來看這傢伙願意幫忙做雜務，還以為是個好人。前言撤回，那種弟弟送我都不要，羅半都還比他好咧。

寒冷，晴天

貓貓他們回來了。可是，雀姊卻弄得渾身是傷。

到底是發生了什麼事啦？可惡。聽說她的右臂要一輩子殘廢了。太過分了。

歲末，晴天

雀姊自從成了傷患，整天泡在藥房不走。我明白她傷勢嚴重，但她擺明了是仗著自己受傷在藥房打混摸魚。醫官老叔看她可憐，無微不至地照顧著她。

西都之長好像總算是選出來了。

聽說不是月君，是玉鶯老爺名叫鴟梟的長子。順便說一句，他就是死小鬼玉隼的父親，也是虎狼的哥哥。

讓這人來做，真的行嗎？

新春，晴天

我偶然看到了小紅。本來以為她又被玉隼欺負了，正要去插手時，小紅竟做出了超乎我預料的行為。

她給了玉隼一巴掌，把他唾罵一頓之後扭頭就走。看到玉隼無法回嘴只會哭，我知道兩個小孩的立場已經完全顛倒。

除了我，還有一人也看見了整個場面。是貓貓。

絕對是被這丫頭帶壞的！

初春，晴天

今年一定要讓他們種出健壯的小麥！於是我前往農村。得督促村民認真踩麥，促進分蘗才行。可不會允許他們再像去年那樣亂種一通。

本宅可能是準備過新年的緣故，大家好像都很忙。畢竟講到政事，有很多複雜問題嘛。

那些與我無關，優先處理農務要緊。

隆冬，陰天

回到西都大宅一看，大家都不見了。

不是，這怎麼回事啊！有人在嗎？有沒有人在！

月君！貓貓！雀姊！醫官老叔！李白兄！羅漢伯父！

這到底怎麼回事啦！

別把我拋下啊——！

○●○

這本集結成厚厚一冊的簿本，是某人的日記。看起來似乎是某人從西都返回中央時忘了帶走的。簿本是在驛站客棧找到的，應該是此人等船時的下榻處。

簿本裡寫到了許多人的姓名，卻沒有任何關於作者本人名字的相關記述，無從物歸原主。只是，就當中記載的農法與作物栽培記錄來看，必定是個農學專家。

此外，假若日記內容屬實，可以判斷此人必定是個高官達貴。要有官位才會得到皇族直接問話。

然而，尋獲者將日記交給客棧老闆時，老闆卻說高官當中沒有農業行家。似乎是有個類似的人，但那人早已返回中央，不可能把日記忘在驛站。

客棧老闆不知如何是好，只得把日記交給兩眼無神地踩麥的幾名園丁保管。令人不解的是，人稱戌西州第一美景的西域長官府邸的庭園，竟變成了一片麥田。

日後，日記被人編纂成了農書，但作者依然不詳。

由於庭園被中央賓客弄得原形盡失的園丁們傳閱日記聊作報復，偶然讓某位學者瞧見，此書遂得以問世。

九話　燕燕的假日

醫官基本上，十天放一次假。有時會依據繁忙與否而提前或延後。

燕燕她們醫佐也是如此。

但是這種放假方式有個問題。對燕燕來說事關重大。

這個問題就是——

「為何只有小姐需要上值？」

「因為規定就是要輪值。」

貓貓一臉傻眼地回答燕燕的疑問。

「我樂意上值啊，何不讓我來？」

「算了吧，楊醫官都叫妳別去了。」

「貓貓妳究竟是站在誰那邊？」

「燕燕妳就只有對姚兒姑娘一個人特別熱心。是說我今兒明明放假，燕燕妳把我叫來做什麼？就為了聽妳抱怨？」

貓貓一臉的莫名其妙。燕燕與貓貓此時，正待在羅漢府裡的一處廂房。也就是姚兒與燕燕借住的房間。

由於燕燕與貓貓正好同一天放假，於是就這麼把她叫到房間來。或者應該說，是燕燕一早就把貓貓從宿舍帶了出來。

「我不太想在這個家裡久留耶。還有，我下午有事，到時候就得回去了。」

貓貓顯得坐立不安。貓貓雖是羅漢的私生女，但本人似乎不願認這個親。家裡屢屢來信要她回來，但都被她直接忽視當柴燒掉。

「請放心，羅漢大人今兒有要事，中午過後非得出席一場會議不可。幾位副手會努力把他帶去會議的，我看要傍晚才會回來。」

「燕燕妳怎麼會知道怪人的行程？」

「我和這家中的傭人們還算有交情。」

否則，燕燕她們老早就被攆出府邸了。

貓貓懶洋洋地啃著配茶的煎餅。燕燕知道貓貓喜愛鹹點勝過甜食，而且喜歡酥脆的口感。喝茶也是，喜愛雜味較多的庶民茶勝過高級茶葉。

燕燕知道貓貓雖然飯量比別人小，但很講究滋味。

「所以，妳找我來究竟所為何事？」

貓貓大搖大擺地坐在椅子上，蹺著二郎腿。若是在姚兒面前的話燕燕會念，但今天姚兒不在，就隨她縱性了。畢竟是燕燕硬找她來的，莫可奈何。

「貓貓直覺這麼準，應該已經猜到了吧。」

「妳趁著姚兒姑娘不在的時候找我，可見事情與姚兒姑娘有關，而且和搬離宿舍住進怪人府邸的事情也有些關聯吧。」

「貓貓果然聰明。」

燕燕喝一口茶。這茶葉價格親民但味甘溫潤，而且稍微用火烘過，所以頗為芬芳。

「請妳幫幫忙把小姐救離羅半大人的魔掌！」

「……」

貓貓半睜著眼，呆笨地張著嘴。

「妳這是什麼表情？」

「沒什麼啊……」

顯然就是有什麼，但逼問表情的含意也無濟於事。心知肚明的事情無須追問，這才是大人的處世之道。

「總之我要說的是，我家小姐年紀尚輕。必定是被羅半大人用了些手段誆騙。」

「喔……嗯。」

「妳幹嘛目光飄遠？」

「沒有啊。」

貓貓語氣平板，毫無半點真心實意。

「最好是如此。」

貓貓或許不怎麼感興趣，但她是羅半的義妹，理應負起責任。

燕燕感到很後悔。她以為羅半只喜愛年長寡婦，而且外觀就是捲髮狐目，雖沒醜到不堪入目但也難以稱為玉貌美男。更何況個頭又矮得可以。

「雖然是事實，但講得也真狠。」

看來燕燕的心聲洩漏出來，被貓貓聽見了。

「真不懂我家小姐怎麼會看上那種男人！」

「……也就是說姚兒小姐出於自己的需求找盡理由留在這府裡，燕燕妳是希望能趕早離開這裡與羅半不相往來，但又不能忤逆最重要的姚兒姑娘本人。所以，才要我想想辦法。」

「就是這樣！」

貓貓一臉的不耐煩。應該說，要看到她有耐性的表情比較難。

「我家小姐還年輕，我看是一時鬼迷了心竅。」

「應該是吧～」

「否則，怎麼會去看上那種矮冬瓜、滿頭捲髮的狐眼男……」

「又再講一遍了。」

燕燕握緊了拳頭。貓貓似乎在思考些事情。

「怎麼了？妳有話要說嗎？」

「也沒有，只是覺得若是鬼迷心竅的話也是無奈，但這下我知道姚兒姑娘看男人是不憑外表的了。」

「是呀，怎麼說也是我家小姐嘛！才沒有膚淺到會以貌取人！」

「……」

貓貓用一種陰暗的眼神對著燕燕。

「幹嘛這樣冷冷地看著我？」

「沒有，沒什麼。但這麼一來，就表示姚兒小姐是看到羅半的心性才鬼迷心竅的。」

「豈、豈有此理……」

燕燕希望這不是真的。

貓貓傻眼地說：

「坦白講羅半的心性就是個人渣，我是不懂他哪裡好啦。」

「是呀，就是妳說的這樣！我也和貓貓妳持相同看法。他這人壞得很，竟然說未婚姑娘

不適合住在家中，冷冰冰地想把小姐攆走呢。」

「妳並不想在這府邸裡住下吧？急著想走對吧？現在就是在找我商量這事對吧？」

貓貓不知為何講話拖著長音，口氣讓人聽了莫名地很火。

「貓貓，妳這是什麼眼神？」

「沒什麼，只是覺得燕燕一講到妳家小姐，就會什麼矛盾都看不進眼裡了。」

「這沒辦法，因為我家小姐是天地的主宰呀。如同天上星星以七星為中心運行，世人也都是以我家小姐為中心繞轉著的。」

燕燕舉起雙手朝天訴說。

「燕燕，小心犯了大不敬，在宮廷裡少說這種話為妙。」

燕燕倒覺得貓貓才是態度最不敬的那一個。

「話又說回來，羅半的心性啊。我是覺得他那種給人品頭論足的個性很差就是了。」

貓貓大口咬著煎餅。燕燕已經是大人了，沒從喉嚨裡迸出「貓貓不也半斤八兩嗎？」這句話來。

「真不知道姚兒姑娘是看上了他哪一點。」

「我才想問呢。貓貓有沒有想到什麼可能？」

「……這純粹是我的想像。也許是欣賞羅半那種理解世間標準，但也明確持有自己一套法度的地方吧。這點讓排斥典型女子幸福人生的姚兒小姐來看，或許是滿新奇的。」

「自己的法度啊。我也明白大人看人是只憑實力，沒有男女之別。『羅字一族』很多都是這樣呢，貓貓也是，羅漢大人也是。」

「我才不是，還有可以請妳別提起那怪人的名字嗎？」

貓貓擺出一張乖僻的扭曲嘴臉。

「不就是個名字嘛。」

「妳不覺得好像會說人人到嗎？」

「這我能理解。」

每次一講起那人會感興趣的話題，他總是會慢慢吞吞地從背後現身。燕燕也碰到過多次。

「羅半看人講求實力，不會去考慮這人是不是高官顯爵的親眷故舊，或是長幼之序、男女差別等……就某方面來說，或許很接近姚兒小姐的理想呢。」

「理、理想！才、才沒有那種事！」

燕燕比手畫腳地急著否定。

「我家小姐應當許配更好的官人，怎麼能夠偏偏配上羅半大人——」

「我說的不是理想的夫君。原來燕燕還是有打算讓姚兒姑娘出嫁啊。」

「我會讓小姐嫁夫君的。只要我看得上眼的話。」
「那不就一輩子別想了？」
貓貓一臉傻眼地故意嘆氣。
「才沒有那種事！」
燕燕正想向貓貓說明什麼是姚兒的如意郎君時，就聽見有人敲門。
「會是誰呢？」
貓貓躲到柱子後頭。似乎是在提防來的是羅漢。
「抱歉，失禮了。」
不是羅漢的聲音。聽著像是個尚未變聲的幼小男孩。
進房的是四號。這孩子在羅漢府上伺候，做事非常機靈。由於羅半不收房錢，燕燕都把錢交給四號。他明白侵占他人財物是愚蠢的行為，不會起歹念據為己有。敢做那種事情只會被羅漢抓到，趕出家門。
「有什麼事嗎？我這兒來了客人呢。」
「這我明白，只是覺得姚兒小姐現在不在，正適合找您講這件事。」
「小姐不在正好適合？此話何意？」
「三號想與燕燕小姐一敘。」

「……好的。」

燕燕吞了吞口水。

「看來妳有事要忙了。」

貓貓想趁機走人，還多拿了一片煎餅。燕燕一把抓住她的手腕。

「貓貓也和我一道來吧？」

「不，我去只會礙事吧？」

「三號說不會。還說她已經多次去信請妳過來了。」

四號說了。貓貓別開目光。

「請轉告她，燕燕與貓貓兩個人都會到。」

燕燕微微一笑，貓貓一臉不耐煩地齜牙咧嘴。

十話　燕燕與情愛閒話

來到三號的房間一看，以一名家僕來說算是夠寬敞了。

就燕燕所知，羅漢府上分成一般傭人與特殊傭人。

一般傭人主要都是羅半帶來的。

其他傭人，則是羅漢本人從各地撿回來的。

人稱軍師羅漢的男人，論外貌與體能都平庸無奇，甚至可說低於標準。身材中等，眼如狐狸，嘴巴總是猥瑣地笑嘻嘻的。硬要舉個特徵，大概就是戴著異國的單片眼鏡吧。勉強算是個武官，但無拳無勇。要體力也沒有，酒量差又坐什麼都暈。只聽說以前待過戌西州，騎馬還算有一般水準。

坦白講，就是個靠血統居要職的蠢貨。一直到十幾年前，別人都是這麼看羅漢的。

不知道是什麼成了契機，羅漢從親生父親手裡奪走了家主之位，成了「羅字一族」的當家。人們對他自此完全改觀。

羅漢一個人的話只是個無藥可救的慢郎中，唯一比人強的就是用人之道。論選賢任能沒人比他有眼光。

羅漢有辦法瞬間分辨出對方的特質與特長，不知為何還能看穿他人的謊言。他善於發掘不受上司重用的優秀人才施予恩情，對敵對陣營進行內部破壞。與羅漢為敵之人，好一點是貶官，最慘是極刑。

如今，朝中已無人敢與羅漢為敵。

這樣的一個男人，不可能帶普通人回家使喚。

三號也是被羅漢選中的家僕之一。

身高以男子來說算矮，以女子來說算高。個頭與姚兒幾乎一樣，雖為女兒身，但大抵都身著男裝。她在約莫五年前來到羅漢府裡，成為家僕。

「貓貓小姐、燕燕姑娘。抱歉將兩位請來。」

三號端正的容顏浮現出淺笑。

「姑娘有何要事？」

貓貓毫無耐心地問了。

「只是想款待貴客——」

「場面話就免了，可以請妳有話直說嗎？」

燕燕開門見山地說了。貓貓似乎本來也想講同樣的話，不住地點頭。而且還不忘喝茶配煎餅。看來三號也已經摸清了貓貓的口味。
「也好，那我就把話說開了。」
三號看著燕燕。
「是關於妳家的姚兒姑娘。」
「姚兒姑娘？講得好像妳和我家小姐很有交情似的。」
燕燕不能接受三號用這種口氣稱呼姚兒。
「因為她是魯侍郎的姪女，所以我該叫她『小姐』嗎？根據我的調查，姚兒姑娘應該是個不願攀附叔父權勢的人。而從個人來看，她不過就是個宮廷女官吧？有高貴到需要稱呼一聲小姐嗎？」
三號面露淺笑，但是眼神不帶笑意。怎麼想都是存心和她過不去。
如同燕燕調查過三號的底細，三號也把燕燕與姚兒都查了個清楚。她似乎也打聽過貓貓的為人，準備的茶點是她愛吃的酥脆鹽味煎餅。貓貓又一片接一片地吃了起來。
「妳存心找我吵架嗎？」
「不，豈敢。我是為了替雙方謀求好處，才請燕燕姑娘過來一敘。」
「雙方的好處？」
「這與我何干？我可以回去了嗎？」

貓貓找盡了藉口想走人，於是燕燕抓住貓貓的手腕。

「三號姑娘，妳說雙方的利益，請問是什麼樣的利益？」

「這就與妳說。姚兒姑娘與燕燕姑娘繼續住在我們府上，我想對大家都沒有好處。為了給二位姑娘另覓住處，我找到了一個剛剛好的房子。就我所聽說的，二位似乎已經把宿舍給退了。」

三號迅速遞出一張房間平面圖。看起來比燕燕她們現在住的屋子更寬敞，廚房裡爐灶多，而且靠近水井。

「而且市場就在附近，治安也很好。離妳們當差的地方也近，房錢更是只要這個數目！」

三號豎起的手指確實低於一般行情。燕燕還沒說什麼，貓貓倒先兩眼發亮，手指不安分地蠢動。

「有這麼大的空間的話，可以弄藥草、做加工……」

宿舍不適合用來加工藥草。

「的確是間好房子。」

「是吧？那麼，可以請二位速速遷居嗎？」

「我也很想立刻答應，但先讓我做個確認。我們住在你們府上有哪裡不妥？」

「姑娘性情真是多疑。我只是想提醒妳，一位大戶千金長久暫住在男子家中，傳出去實在不好聽。」

「這倒是。照常理來想，這個提議應該也是為了姚兒小姐著想。」

燕燕盯著三號瞧。

「燕燕。」

貓貓小聲叫她，歪著眉毛用手肘輕輕頂她。

「怎麼了，貓貓？」

燕燕也同樣小聲回話。

「妳不如就快快答應下來吧，這房子真的不錯。我看著不像是欺詐啊，妳究竟還有哪裡不滿意？」

「要問哪裡不滿意的話，妳不覺得三號姑娘好像有點看不起我家小姐嗎？」

三號對姚兒不抱好感，而且表現在態度上。所以燕燕很不高興。

「是妳多心了吧？」

貓貓急著想回去，因此試著說動燕燕。

「不，不是我多心。」

燕燕正色看著三號。

「三號姑娘言之有理，但妳說這些是為了姚兒小姐好嗎？」

「不，是為了羅半少爺好。」

三號笑容燦爛地回答。

「羅半少爺？」

雖然知道不會是為了姚兒，但她回答得如此堅定也讓人無言以對。

燕燕想了想。

三號的提議對燕燕來說確實是個好主意。但是其中不具有對姚兒的敬意，這算什麼？

「坦白講，一個年輕姑娘只因為嫌叔父勸婚囉嗦就跑到男人家裡住下，成何體統？更何況這個囉嗦的叔父目前遠在西域，何時回來也不知道。可是姑娘卻繼續賴在人家家裡不走，我不懂這種心態。」

燕燕正為了三號的言論苦悶不已時，貓貓又用手肘頂了頂她。

「燕燕，妳該不會是雖然贊成提議，但不喜歡這位三號姑娘，所以不願欣然答應吧？」

「……不，沒有的事。」

貓貓有時對他人的心思很敏銳。要是能發揮在更恰當的地方就好了，偏偏該用的時候都不用。

「燕燕，妳現在整張臉都擠成一團了，肌肉還一跳一跳的。」

貓貓半睜著眼看著燕燕。

「是妳多心了吧。我並沒有在想什麼。」

「那妳倒是答應啊。這樣妳找我商量的事情也就迎刃而解了。」

說得是沒錯，但總覺得哪裡不太對。

「嗯——這事我得同我家小姐商量才行——」

要是擅自答應搬離府邸，不知道姚兒會作何反應。也許會三天不跟她說話。

「講了半天燕燕還是拗不過姚兒姑娘呢。」

貓貓冷眼看她。

「二位講悄悄話商量好了嗎？」

三號追問了。

「我得先跟我家小姐商量，沒辦法先給妳答案。」

「是嗎？我還以為我找到的，就是燕燕姑娘妳跟四號他們提過的理想住居呢。」

三號故意偏著頭說。

燕燕總覺得自己一直被對方牽著鼻子走，越講越火。

「那麼我請問三號姑娘，妳為何這樣急著想把我們……尤其是姚兒小姐趕走？還請姑娘解惑。」

燕燕是希望這麼說，能稍微動搖三號的言行舉止。但三號面不改色，清楚明白地說：

「因為我愛羅半少爺，為了他我什麼都願意做。半路卻殺出一個幼稚小丫頭不知道誤會了什麼硬要送上門做老婆，我嫌她礙事很奇怪嗎？」

「妳說誰是幼稚小丫頭——」

燕燕正要湊上前去開罵時……

「噗哈！」

貓貓爆笑出來，把口水噴得到處都是。骯髒到燕燕忍不住倒退半步。

「失禮了。」

「不會……」

「三號姑娘，妳沒發瘋吧？」

三號滿臉都是她噴出來的茶與煎餅屑。

「怎麼說我發瘋？」

三號不解地反問貓貓，用手絹擦臉。

「我是說那個捲毛眼鏡。他那人滿腦子只想著賺錢，結交女子重視的是能不能斷得乾淨，還渣到敢講什麼寡婦正合他所好。而且只要數字啥的夠漂亮，就算對方是男人也想試著跟他生孩子，是個敗壞品德的相貌平平矮冬瓜耶？順便告訴妳，跟他成婚還附送怪人軍師當家翁喔。」

貓貓對羅半的看法沒說錯，但很不留情面。

「我知道。而且少爺還是個為了目的能割捨一切，誰跟他合不來就把人家逼到身敗名裂，事後撇清關係不留痕跡。運動神經奇差，既不會騎馬也不會拉弓。最貼切的形容應該是只會出一張嘴吧。」

「怎麼看都是個沒用的男人吧？」

貓貓難以置信地舉手發言。由於貓貓做出很大反應，燕燕對於三號說姚兒是小丫頭的怒氣不禁減輕了些。

至於三號，則是臉頰微紅。

「羅半大人雖然相貌平平，但仍然是給我機會，讓我活得像自己的人。而且他為了美麗的事物，也不會改變自己的原則。」

抱歉枉費她一臉戀愛中的少女表情，燕燕還是無法欣賞羅半這人。

貓貓更是聽到想吐，眼神嚴肅地看著三號。

「無論三號姑娘妳如何心儀羅半，那傢伙就是個人渣。他只要玩女人玩過癮了想成家，就會立刻找個好人家的姑娘做老婆，至今的玩火全不算數。然後嘛，我猜他應該會有模有樣地建立一個美滿家庭吧。那混帳簡直不是個東西。更何況以妳目前的身分，恐怕很難成為這家中的夫人吧。公公還是那種人耶，那種人。妳不介意嗎？會附贈一個螞蟻人怪叔叔喔。」

貓貓講話很毒，但也只能說講得實在。

「這我十分清楚。所以我雖取名三號，但寧願做羅半少爺的二房。可是，做這府裡將來夫人的，必須是我想扶持的人物才行。」

『……』

燕燕不由得與貓貓面面相覷。

沒想到三號盲從羅半的程度超乎她們想像。羅半把這麼個想法危險的女人放在身旁，究竟有沒有察覺到她的真實心思？

「不，勸妳還是不要吧！世上多得是比羅半更好的郎君！」

「貓貓小姐，要找到像羅半少爺這般心思的郎君可不容易喔。」

「三號姑娘，妳雖然不及我家姚兒小姐，但也算是容貌清秀。妳現在只是視野變得狹窄罷了。請妳冷靜點好好想想。」

「那種心胸狹隘、看臉選妻的男子，我從一開始就看不上。」

「不不，那傢伙絕對都只看臉蛋啊數字的，眼中只容得下美人啦！拜託妳正視現實吧！」

貓貓猛搖三號的肩膀。

燕燕也能理解貓貓的一半心情。她不懂那種四眼田雞怎麼會那麼吃香。世上有些男子怎麼看就是沒魅力，卻偏偏是萬人迷。難道羅半也天生就是那種命？

這可不好，得盡早逃離這種危險男子的宅第才行。雖然心中不悅，但她不禁考慮是否該早日搬去三號推薦的住居。

萬一這種白日見鬼的事偏偏成真了，那可怎麼辦？

要是姚兒真的愛上了羅半——

「啊——不成不成不成不成！」

「燕燕，妳人格都變了。」

貓貓對燕燕吐槽。但燕燕沒那多餘心思認真回話。

擔心不該發生的事情真的發生，讓燕燕心中的不安不斷擴大。而這個問題，短期間內是不可能解決的了。

只有煩惱越變越大，燕燕的假日就這麼結束了。

十一話　名為女華之花

面對高高堆起的書本，女華吟詠般地朗讀經書的內文。說是朗讀，但書本是不翻開的。只要問起哪本書的第幾頁，女華總能倒背如流。因為她把四書五經全默記了起來。

「每次聽都讓人欽佩不已啊。」

今晚的客人送上掌聲。這名男子是女華的年老常客，以研究學問維生。女華都叫他「老師」。

做學問的收入有豐厚到能頻繁進出青樓嗎？不，當然是囊空如洗。豈止如此，老師還散盡千金蒐羅經典。之所以已是含飴弄孫的年紀卻沒半個妻小家眷，就是這點害的。

那麼這樣一個與金錢無緣的男人怎能成為「綠青館」三姬的常客？這就和坐在男人背後的少年有關了。

少年鬍鬚都沒長齊。大概元服後還沒過幾年，連弱冠（二十歲）也不到吧。

「你可要用心聆聽。只要能得到女華讚賞，科舉中試也不成問題。」

這個常客不只是學者，也是個收學生的師傅。底下好幾個學生都考中了科舉。

女華雖為娼妓但把四書五經背得滾瓜爛熟，備受科舉考生的推崇。每逢科舉舉行，應試考生每每在綠青館門前大排長龍。傳聞受到女華讚賞者可帶來好兆頭，有望金榜題名。

都說考上科舉就能三代安泰，在這種情況下，做爹娘的要替孩子出多少學費都願意。就算只是傳聞或討吉利，也捨得花錢。

而這老頭就是拿家長對兒子將來飛黃騰達的資助金跑來喝酒。綠青館不接生客。上門的考生，都得請託綠青館的常客介紹才能見女華一面。

女華雖是娼妓，但可不是那種作賤自己的倚門之娼。她賣藝不賣身。只會出賣靈肉的娼妓都是消耗品。反覆過著罹病與墮胎的生活，身體日漸虛弱。身子虛弱就不能接客，只能等著餓死。

生下女華的女子就是個無才娼妓。唯一能引以為傲的只有美貌，毫無理由地相信自己能青春永存。結果上了一個無聊男子的當，懷了身孕，在咒罵中懷恨而死。

煙花巷多得是這種蠢婦。女華的大姊——貓貓的生母也是如此。

女華沒有舞蹈才華，也不善下棋。她唯一鑽研的，就是熟讀誰都懶得看的長篇累牘。她就只會滿眼血絲地默背文章。女華既不會陪笑又討厭男人，除了磨練一項才藝之外也沒其他法子了。

「姑娘真是厲害。不像我，一半都還沒記住呢。」

一半？臉色都還這麼紅潤，怎麼會背不起來？與其在這裡嘻皮笑臉，不會翻開眼前的書本嗎？不是有紙燈籠可代替映雪囊螢嗎？多得是辦法讓你讀書吧。

「我想把初次應試當成練習，下次就考上。」

竟然說下次再考上，簡直是瞧不起人。不抱著一次中試的氣概去考，再考第二、第三次都沒用。

女華不多說什麼，只回答問題。還不習慣與姑娘家相處的考生，紅著臉目不轉睛地盯著女華。但女華保持風度附和幾句後，男子也變得愈來愈長舌。也許是漸漸沉醉於酒意與自己之中了。

不知是不是因為如此，男子開始自吹自擂。又說自己自小人稱神童，又說第一次不可能但第二次一定會名登金榜，跟女華自我吹噓。

想自我哄抬是他家的事，但他這種自稱的神童，女華早看多了。

老師也沒好到哪去，喝酒喝得津津有味。免錢的酒喝起來一定特別香醇吧。

「客官，時辰到了。」

小丫頭過來報時。大概是算時辰用的線香燒完了吧。

「哎呀，話匣子才剛打開的說。」

「好好好。外頭給你叫了馬車，小心走路別摔跤了。看你喝得走路都走不穩。」

老師先把學生給送走了。學生依依不捨地離開房間。

「如何，那孩子可有希望？」

老師向女華問了。

「完全不行。像他那種看起來膽小如鼠卻又容易得意忘形的，不可能窩在洞裡一連寫上幾日的毛筆字。」

「講話還是一樣這麼狠。要知道我可比妳慘，還得想法子把這種學生捏得像樣點哩。」

老師低垂著格外長的眉毛說。

「那就幫他買些奇效的健胃藥吧。免得他考試時一緊張了想如廁，被懷疑作弊挨一頓鞭子。」

科舉怎麼說也是進入仕途的登龍門，也有很多人為了上榜不擇手段。結果逼得朝廷加重了作弊的罰則，罪大惡極者甚至可能處以極刑。

「嗯……這建議給得中肯。」

老師心服口服地撫摸鬍鬚。

「照他那副德性，不苦讀個二十年是休想考上了。」

一般認為考中科舉的平均年齡落在三十五歲上下。實在沒簡單到考個一、兩回就能上榜。

「那我就買點健胃藥再回去吧。」

綠青館裡有間藥舖。藥舖以前由羅門與貓貓經營，目前則由他們一個叫左膳的徒弟照料生意，健胃藥什麼的應該有賣。

「那麼，我改日再來啊。」

「靜候您再次光臨。」

其實女華並不稀罕他再來。但就算只是假情假意的場面話也不得不說，否則就得挨老鴇打罵。

客人回去了，女華在床上躺成大字。女華的客人睡不到這張床，女華不是蠢婦。

話雖如此，無論如何擺出才女的架子，娼妓就是娼妓。女華也已年近三十。只能趁著客人日漸減少之前，替將來做打算了。

討厭男人的女華說什麼也不願讓人贖走。與其那樣，她寧可人老珠黃做個老鴇。

「唉——真提不起勁。」

正在床上躺著發懶時，小丫頭過來了。

「女華大姊。」

「幹嘛？今天的客人不是走了嗎？」

「是這樣的，又來了一名客人。」

「什麼？」
女華懶洋洋地爬起來，整理衣裳。
「到底是誰啊。」
她很想一句話說今天不做生意了，但看到老鴇在走廊上笑容可掬。看來是個出手闊綽的客人。
「女華啊，有客人來了。快來相迎啊。」
語氣逢迎討好到聽了渾身不舒服。真不曉得對方給了多少錢。
「是我啦，女華。」
來者是每半年來一次的年輕官僚。此人一副弱不禁風沒骨頭的樣子，女華私底下偷偷叫他柳條人。後面跟著一名男子，似乎是他帶來的。同伴與柳條人恰恰相反，身材粗如圓木。
柳條人是富家子，但本身較無心於仕途，屬於喜歡讓女華冷漠對待、口味特殊的客人。每次上門都要求女華把他踩在腳下，弄得女華很困擾。
「官人好久沒來了。」
女華送給柳條人一句空有禮數的致意。雖然虛情假意但舉止儀態完美無缺，所以老鴇也不會多說什麼。這是女華為了幹這門不愛幹的行當才學起的技能，對柳條人卻適得其反。
「啊，美極了，我就喜歡妳這眼神。」

被他用黏人的視線盯著瞧，女華起了一身雞皮疙瘩。雖然男子從未強迫她獻身，但仍然是個讓人疲倦的客人。

「今天是怎麼了？平時不都會先寄信過來才光臨嗎？」

女華這是在拐彎抹角地說「都不用先約時間的啊」。

「今天是我這朋友堅持要來。這位姑娘就是鼎鼎大名的綠青館女華。」

柳條人把木頭人介紹給女華。

「哦，不愧是綠青館的紅牌，果然貌美如花。特別是這一頭亮麗的黑髮，堪稱一絕。」

木頭人講出一堆聽到膩的花言巧語。什麼紅牌，消息也太舊了。綠青館三姬豔絕京城已是好幾年前的事，女華也已到了該另尋出路的年齡。

話雖如此，她也沒落魄到要跟新客說話的地步。

女華只對他行過一禮。

「不能讓我聽聽妳的妙音嗎？」

「哈哈哈，別以為她會輕易對你開口。我可是來訪到第五次才終於讓她為我斟酒呢。」

柳條人是他那黏膩眼神看得女華很不舒服，不想要他再來才一直不陪酒。只不過是到了第五次，她才終於死了心把這人當成搖錢樹。

「今天官人有何需要？吟詩如何？」

「這個嘛，今天的貴賓是這傢伙。這傢伙單名一個芳字，吵著要來見女華，所以我才把他帶來的。」

柳條人看著木頭人。

「恕小女子失禮，您應該是初次到來的客人吧。」

女華拐彎抹角地告訴木頭人，我沒打算伺候新客。

「別這麼不近人情嘛，今天喝酒是我請呢。」

女華這才明白，難怪靠家裡養的柳條人今天出手這麼大方，原來是這麼回事。老鴇從房門外死瞪著她。看來是在告訴她「我該收的已經收了，給我好好待客」。

真不曉得這傢伙給了她多少錢。

「官人可是要參加科舉？」

「不是，妳看我像是科舉考生嗎？」

木頭人的體格看來不像文官，比較像武官。同樣是科舉，考武舉還比較有可能。

木頭人大搖大擺地在椅子上坐下，自顧自地倒酒喝了起來。「喂喂……」柳條人傻眼地叫道。

「我說女華姑娘，妳是否一如名字裡的『華』字，真是皇族血脈？」

女華心想還以為來幹嘛的，原來是這件事啊。

「誰知道呢？若我真是那般尊貴血統，又怎麼會在這裡做夜度娘？」

取女華這名字是存心諷刺某個蠢婦。「華」這個字只有皇族能用。娼妓取這種名字是玩火，但同時也能引起話題。更何況對客人愛理不理、無心伺候的女華取這名字正合適。

「不，也不見得全無可能吧。聽說現在宮中就有個高官跟娼妓生下的女兒供職。」

「對啊，是有聽過這個傳聞。」

「……」

這個木頭人究竟想說什麼？他說的入宮侍候的姑娘八成是貓貓，莫非是想刺探貓貓的事？

人的嘴巴是關不住的。既然柳條人都已經聽說，現在再來堵嘴也沒用了。

話雖如此，女華無意出賣小妹。她不直接裝傻，而是岔開話題。

「家母說過，小女子的父親乃是王公貴人。」

無論是生下自己的女人還是留種的男人，女華都沒當成爹娘。她之所以稱之為「父母」，只是為了讓客人好懂。

女華站起來，走到桌案前。然後打開上鎖的抽屜，拿出一個木片拼花寶盒。

「這是？」

寶盒是以前客人給她的。盒裡藏了有趣的機關，把其中一片木片滑開，方能打開盒子。

盒裡有一只布包，將它打開，一塊只剩一半的翡翠玉牌便出現了。玉牌是舊東西，表面原本雕刻的圖案被削去了無法辨別。即使如此，還是看得出來玉牌以最高級的琅玕碧玉雕成。

「這塊垃圾以往被家母視為珍寶。」

女華覺得其實扔了也無妨。但它恰好能作為女華沽名的工具，像這樣若有所指地拿給客人看，總能博得一陣驚呼。

「姑娘何不拿著此牌，與父親相認？」

「上頭圖案早已削掉，看不出是什麼的玉牌。更何況這兒只有破掉的一半。說不定還是偷來的東西。」

女華用卑下的語氣說道。

女華的身世必須保持神祕。可以扮演得像是血統尊貴以傳播風聞，但要是有人當真就困擾了。萬一女華被冠上不敬之罪，老鴇必然會毫不留情地拋棄她。

事實上，女華也不認為自己是皇族骨血。關於疑似留下女華這個種的男人，女華聽老資歷的娼妓說過。據說是個長得俊但渾身獸類腥味，雙手骨節分明的男人。

來訪過綠青館幾次後，那人便不再來了。說是盜賊匪類還比較令人信服。綠青館雖挑選客人的眼光嚴格，但只要有錢就一切好談。

大概是想把從哪裡偷來的玉牌賣掉，又怕敗露蹤跡吧。由於翡翠本身是上等料，男子掰斷玉牌削去表面想脫手，卻引起買方疑心不願收購。所以就在甜言蜜語誆騙愚蠢娼妓時順便把贓貨送給了她。

有的客人聽了失望地心想原來不過是盜匪之女，但也有的客人認為搞不好真是至尊至貴的血統出身。

那麼，眼前這個客人又會怎麼想呢？

「不管誰是妳爹我都不在意。女華就是女華啊。」

柳條人用熱情的眼神看著她，但她懶得理會。

女華覺得已經講夠了，就把破損的玉牌收進寶盒。

「小女子讓官人失望了，請官人見諒。」

「沒事，但不知姑娘能否把這塊玉牌賣給我？」

單名一個芳字的男子提出了奇怪的要求。

「就如您所看到的，它就只是塊破損刮傷的玉牌而已呀。值不了幾個錢的。」

「無妨。妳不覺得此物詩意盎然，頗令人玩味嗎？」

女華對這破玉牌毫無感情。但要她如此輕易轉賣，就又是另一回事了。這樣會讓她喪失疑似皇族的神祕氣質。

「非常抱歉，小女子無法出售此物。看在旁人眼裡也許只是垃圾，然而對我而言，卻是母親的遺物。」

女華悄然低下頭去，同時對小丫頭使個眼神。小丫頭看懂女華的意思，去喚老鴇來。

「我無法將母親的遺物拿來賣錢。」

要做也得等不做娼妓了再說。

「芳，你別這樣，沒看到女華很為難嗎？」

「我也不是那個意思。」

嘴上這麼說，名喚芳的男子眼睛從未離開寶盒。

「好了好了，兩位大爺。線香已經燒完了，該結束了。」

老鴇過來用力拍手。

「喔，也是。芳，咱們走吧。」

柳條人拉著芳走。平常只覺得是個略嫌肉麻的客人，該走的時候倒挺爽快的。

「那麼，恭送大爺。」

女華用一如平素不愛理人的面容送走了他們。

十二話　女華與小妹

女華把破玉牌拿給客人看之後過了一個月。

被她當成妹妹看待的貓貓離京一年，總算回來了。

「我回來啦——」

一如以往地有氣無力的聲音響起。

由於事前就收到貓貓寄信來說會過來綠青館，女華很睏但仍揉著眼睛等她。今天白天不用見客，其他娼妓幾乎都在趁機補充睡眠。

「貓貓，好久沒看到妳了～」

白鈴想抱住貓貓，但被老鴇阻止了。

「哼，一年沒見也沒看妳變多少嘛。」

「老太婆也是。」

「但妳竟然沒一回京就過來探望，真是個無情無義的丫頭。」

「我還得當差嘛。」

貓貓看起來的確像是累壞了。

「年紀輕輕的就一臉疲倦哪。」

「我一大清早就為了別的事被叫去啦。」

「是喔，總之沒忘記帶伴手禮回來吧。」

貪婪的老鴇伸出皺巴巴的手，催她把東西交出來。

「喏。」

貓貓拿出布包給她看。裡面裝著像是灰色石頭的東西。

「喔，沒想到妳還真帶龍涎香回來給我了。」

老鴇伸手要拿，但貓貓不給。

其他娼妓也都聚集到綠青館的門廳來，大概是想跟貓貓討伴手禮吧。

「幹嘛不給我？」

「也沒什麼，只是覺得這麼大顆的上好龍涎香，白送似乎便宜妳了。」

「我平日那樣照顧妳，怎麼還這樣一毛不拔的？」

「是嗎？我每次賣藥給妳都只跟妳收藥材錢，就已經是向妳報恩了。」

「我可是在煙花巷最大的青樓裡借妳一個房間哪。妳再怎麼感激我都是不夠的。」

「是房東就該善待房客才對吧？那麼小個店面是要收多少錢啊。」

貓貓與老鴇開始吵嘴。女華無奈地與白鈴面面相覷。

「妳得一年不跟我收房錢，否則東西不給。」

「不，就給妳兩個月。換那點指尖大的小石頭，這樣已經夠優待了。」

「老太婆妳瞎啦？妳以為這麼大顆的龍涎香值多少錢啊。」

貓貓不知不覺間開始在房錢上討價還價。目前綠青館裡的藥鋪是交給名叫左膳的男子經營，但房錢以及各項支出皆由貓貓與羅門負擔。

「這是在幹嘛啊？」

說人人到，左膳過來了。

「就如你所見，貓貓與婆婆在吵房錢的事。你是貓貓雇來的，得站在她那邊才行。」

「白鈴大姊，妳今天看起來膚色特別紅潤呢。」

「呵呵呵，昨晚有位一年沒見的恩客過來。所謂久別勝新歡，我把人家好好伺候了一番呢。」

所謂的恩客，就是那個叫什麼李白的武官。他似乎跟貓貓一樣，去了西都整整一年。這個男人精力絕倫，與白鈴堪稱天作之合。

「左膳，趙迂沒和你一起嗎？」

趙迂是經由貓貓那一層關係來到這裡的孩子。雖然青樓不是幼兒園，但只要給錢給得夠多，老鴇就會幫忙。

趙迂容易跟人親近又會畫畫，很得綠青館眾娼妓的歡心。平日都和左膳一起住在綠青館附近的破房子裡。那房子本是羅門與貓貓的家，由於兩人現在都在宮中供職，房子就跟藥舖一起由左膳接手。

「那小子啊？最近不知是開始叛逆了還是怎樣，跟他說了貓貓今日要回來，他卻不知跑去哪了。」

「這樣呀？那梓琳應該也同他一起了。那小丫頭真是的，也不好好見習，成天只顧著玩。」

白鈴嘴上喊著傷腦筋，表情看起來卻不怎麼困擾。

「好，五個月，老太婆，妳可別反悔啊。」

「真是，養出了個貪得無厭的丫頭。」

由於貓貓與老鴇談出了結論，女華與白鈴這才走上前去。左膳好像也有話要跟貓貓說，但似乎願意先禮讓兩位大姊。

「貓貓，妳是不是瘦了些？」

白鈴用她那豐滿的身材把貓貓摟在懷裡，弄得貓貓險些窒息。

「本來就這樣了吧。自從開始入宮供職，大概是吃得比較好，還長出不少肉呢。」

「有嗎？總之咱們來一邊喝茶，一邊敘舊吧。」

白鈴想領著貓貓去自己的房間，但女華攔住了她。

「到我房間去說吧。」

「這樣呀？」

白鈴昨晚徹夜與貴客纏綿，正確來說是直到早上才分開，八成連褥子都還沒換。女華雖在青樓出生長大，卻極度討厭男人。她不太想踏進殘留濃厚夜裡異香的房間。

女華的房間，四壁滿是書櫃。為了招呼科舉考生，她不只得精通四書五經，各類經書典籍都得熟讀。

「這是給女華小姐（姊姊）的伴手禮。」

貓貓拿了厚厚一本書給她。是一本女華沒有的經籍。

「真虧妳找得到。」

女華不禁讚嘆。

「嗯，費了我好大一番工夫。」

貓貓目光飄遠。本來說只在西都待幾個月，卻拖了一年。其間又是蝗災又是什麼的，似乎讓她吃了不少苦。

「欸，那我呢，有我的嗎？」
白鈴兩眼閃閃發亮。
「這個給白鈴小姐。」
貓貓拿一塊像是絲綢質地的布給她。上面有精緻的刺繡，不知是什麼？
「這是什麼呀？」
「異國的褻衣。」
「哇喔。」
白鈴似乎也很喜歡，眼睛變得更是晶亮。
貓貓喝茶的同時，視線左顧右盼。
「怎麼了？看妳坐立難安的。」
「只是在想梅梅小姐怎麼不在。」
「噢，妳說梅梅啊。」
梅梅是綠青館三姬之一，但已成過去了。
「有人給她贖身了。」
「咦？」
貓貓驚訝得把茶都弄灑了。

「啊——妳在幹嘛啦？」

女華用手絹擦掉灑出來的茶。

「抱歉。言歸正傳，我怎麼沒聽說？」

「就是呀。聽說西都發生了很多事不好過，梅梅又說不用通知妳，我們就沒寫信了。」

「可是妳說贖身，是去了哪戶人家？我猜是多年來的常客？不是什麼奇怪的客人吧？」

貓貓會慌成這樣也能理解。娼妓無不希望能有個良人來為自己贖身，但不是每個都能遇到好夫君。

就這層意味來說，為梅梅贖身的人家還不差。

「是個被叫做棋聖的人啦。」

「棋聖！就是那個人嗎？」

「哎呀，貓貓妳知道他啊？」

貓貓雖然腦子一片混亂，但口中念念有詞想讓自己鎮定下來。還以為她在念什麼，原來是藥草及毒草的名稱。

「怎麼會跑來為梅梅小姐贖身？他是綠青館的常客嗎？」

「是這樣的，妳爹……呃不，是羅漢大人在出發前往西都之前，帶棋聖來過這兒。」

似乎是棋聖問羅漢有沒有下圍棋的好對手。結果他就把人帶來綠青館，指名要梅梅。

「也是啦，梅梅小姐已經陪那個笑得賊頭賊腦、滿臉鬍碴的老傢伙陪了好幾年了嘛。」

「的確，那個別說三天，恐怕十天都懶得洗一次澡、渾身老人味的老傢伙如何下棋，她可是看多了。」

梅梅自己是很謙虛，但應該已經比生前的鳳仙下得更好了。

「呵呵呵，妳們倆講話都好過分喔。」

白鈴笑了起來。

「棋聖出入我們這兒半年後，就提出要為梅梅大姊贖身了。」

「梅梅本來還不太情願的，但老鴇鼓吹她說沒有比這更好的老爺了。」

「是這麼回事啊。」

貓貓似乎豁然開朗了。

「棋聖跟羅漢大人是朋友又住在京城，我們想說貓貓妳想見梅梅的話隨時都見得到，就沒勉強寫信了。」

「嗯——可是還是嚇我一跳啊。」

女華也覺得她說得有理。

「不過梅梅也真是幸福。棋聖還說要收梅梅為門生呢。」

「門生啊。就算真有這個心好了，家裡人怕不會有好臉色吧？」

「說是夫人已經去世，膝下也無子。自從當上棋聖之後，好像也跟跑來套關係的親戚都撇乾淨了。聽說是有無數門生，但梅梅大姊的話一定應付得來啦。」

梅梅是世故老練的娼妓。綠青館娼妓當中，就屬她最擅長看穿他人的心思。

「更何況只要說是羅漢大人介紹的，想必誰也不敢動她啦。」

貓貓雖一臉複雜，但似乎也接受了。一般會以為娼妓的好結局就是贖身，但之後還有一段人生要過。有靠山總比沒有好。

「最重大的消息就是梅梅這事了，然後還有——」

女華與白鈴把一年來發生的種種說給貓貓聽。

告訴她左膳把藥鋪經營得還不錯。

趙迂最近開始叛逆。

還有梅梅獲得贖身後，梓琳的姊姊目前是綠青館的第三紅牌。

「再來就是蝗災造成的影響吧。什麼東西都變貴了。」

「是這樣啊。」

每件事情貓貓都早有預感，除了梅梅的事以外，她聽了都不太驚訝。

可以料到繼梅梅之後，大概再過不久也會有人來給白鈴贖身。

雖說綠青館的新舊交替是莫可奈何之事，但女華總覺得好像只有自己要被拋下了。

不過，她無意把這份不安的心情表現出來。娼妓女華是心高氣傲的皇室宗女，必須讓客人這麼以為才行。萬不能輕言示弱。

但是，女華也是苦在心裡的。眼前的這個貓貓，女華一直對她感同身受，當成自己的妹妹看待。也因為同情她，從她還在吃奶時就照顧她。

可是，女華與貓貓，走上的人生卻天差地別。

同樣有個做妓女的娘，女華選擇為娼，貓貓則選擇成為藥師。不，應該說女華只有為娼這條路可選，貓貓卻有人為她準備了不同的道路。

假如女華也像貓貓一樣有個羅門，是否就能過上不同的人生？女華想像自己的另一種人生，但並非對自己的人生感到後悔。同時，她也不想去嫉妒貓貓。一旦產生那種念頭，女華就等於是親手砸了自己建立起的某些事物。

女華在思量這些事情時，白鈴在一旁問貓貓在西都有過哪些遭遇。

貓貓說她是以見習醫官身分前往西都。

說怪人軍師也和他們一起，煩都煩死了。

說羅半的一個哥哥也來了。

說遇到了蝗災。

又說起被盜賊襲擊的事。

有時她會省略一些部分，大概是不宜宣揚的事吧。既是供職宮中，想必也會牽扯上一些不能為外人道的事情。雖然來到綠青館的客人當中，也有一些不懂這個道理、口無遮攔的人就是。

「我問妳喔，妳剛剛說被盜賊襲擊，具體來說都遇到了什麼事呀——？」

「白鈴大姊，貓貓會很為難的，別問了。」

女華阻止白鈴繼續追問下去。

「不過，妳說的那個羅半他哥又是什麼人？」

只有這點讓女華很好奇。貓貓描述的整件事當中就屬這個名字最常出現。不，或許不能說是名字。

「就是羅半的哥哥，是這回遠行的第一大功臣。」

「呃，我愈聽愈迷糊了。」

「所以這個大功臣，就被你們丟下了？」

唯一聽懂的是，這個叫羅半他哥的人是個吃盡苦頭的勞碌命。

「我說貓貓啊，妳是不是有什麼事忘了說呀～」

「什麼忘了說？」

貓貓似乎沒發現，她這趟遠行回來後，整個人變得跟之前不太一樣。女華不用說，對他人豔聞最敏感的白鈴不可能錯過。

「哦——想裝傻是吧？那我就扒了妳衣服給妳搔癢癢搔到妳招，怎麼樣？」

「嗚……」

貓貓臉色發青。被床上功夫綠青館第一——不，是煙花巷第一的名妓搔癢，就算是貓貓也無法全身而退。

女華關於貓貓的守密義務不會多問，但講到其他事情就萌生小壞心了。當然，如果貓貓是真的不願意，她也不會強行追問。但貓貓神情給人的感覺，與以往有所不同。

「也、也沒什麼大不了的。」

「少騙我，妳以為瞞得過妳小姐嗎？我看是有心上人了吧！」

白鈴的手在貓貓身上撫觸遊走。貓貓做出了像是貓兒炸毛的反應。

「別、別這樣。我說真的。」

看來貓貓即使面臨白鈴的搔癢，仍不打算開口。這種反應似乎讓白鈴更是心癢難耐，一雙眼睛變得水潤而發熱。

既然白鈴有反應，可見必定關乎情愛。女華認為自己看愛情的方式與貓貓相同。假若自己心悅某人，絕對不會希望旁人來捉弄挖苦。也是因為這樣，使得她與愛情二字更是漸行漸遠。

因此她覺得，對貓貓再繼續逼問下去就太可憐了。

「白鈴大姊，該收手了吧。要是養成了奇怪癖好，怕將來真的有壞影響。」

「哎呀，這倒也是。」

貓貓極力承受了一頓搔癢，如今躺在地板上一抖一抖地抽搐。幾秒後才慢吞吞地起身，懷恨地瞪著白鈴。

「反正照貓貓這性子，絕不可能搞什麼讓白鈴大姊覺得有趣的熱戀啦。我看還不就是對方死纏著不放，貓貓等人家放棄等到最後自己先死心了吧。」

貓貓看著女華猛眨眼睛。女華只是隨口亂猜，想不到似乎真被她說中了。女華大嘆一口氣。

「貓貓，是妳命好。幸好對方是個死纏爛打黏著不放不肯死心的人，而且──」

「根本都是壞話嘛。」

白鈴亂插嘴，但女華不理她。

「──是個讓妳願意死心的好人。」

貓貓的視線低垂了。女華知道這是貓貓掩飾害羞時的動作。

女華心生疼惜之意的同時，也覺得很羨慕。明明出生在同個環境，從小學的是同一套價值觀，為何走上的道路差這麼多？

「不知道這人是誰，不過一定是個特別有耐性的人吧。」

說不知道是誰是假的。貓貓有一段時期回到藥舖，那時有位貴人來得很勤。貓貓後來會進宮供職，也是那位貴人的安排。

但女華即使知道也會佯裝不知，這是出於她的善意。

「不過，我得給妳一個忠告。千萬不能做個予取予求的人。可別因為對方什麼都會給妳，就甘於現狀。拿人家的越多，自己就必須變得越有那價值才行。如果只會一味伸手，就永遠只是二流或三流了。」

女華明明是在講給貓貓聽，心裡卻覺得像是在告誡過去的自己。貓貓抿緊嘴唇。不用女華來講，貓貓這麼聰明，自己一定也會領悟過來。

「哎喲，女華妳這會兒……」

「白鈴大姊，妳少囉嗦。」

女華噘起嘴唇。由於白鈴的爪子放過貓貓開始在女華身上亂摸，女華換位置坐到桌前，喝涼掉的茶。

貓貓想改變話題。

「對了，我回來這兒之後發生了一件事。」

「回來沒多久就碰到了吊死屍體。好像是被殺的，而且還是死在怪人軍師的書房。」

看來貓貓也真慌了，居然聊起怪人軍師的話題來。

「哇喔。」

「好突然呀。」

話雖如此，聽了倒是挺感興趣的。

「是羅漢大人下的手嗎？」

白鈴一副羅漢會下手也不奇怪的口氣。

「對方是身強力壯的武官，那老傢伙一個人解決不來啦。」

「這倒也是。」

羅漢這男的體質孱弱。真要做的話，也會讓部下們去做。

事實上，那名男子似乎是死於男女情仇，據說這人腳踏了足足三條船。

「真是個負心漢。」

「我們也沒資格說人家吧？」

娼妓就算一晚接待好幾個客人都不稀奇。有時還會假托淨手（如廁），趁機去伺候別的客人。

「不過，竟然被自己欺騙的三名女子共謀殺害，真是大快人心呢。」

「坦白講，我也覺得他是自作自受。而且三名女子都是黑髮美人，喜好也太明顯了。」

貓貓啃著茶點。

「黑髮？」
女華無意間拈起了自己的頭髮。
『哦，不愧是綠青館的紅牌，果然貌美如花。特別是這一頭亮麗的黑髮，堪稱一絕。』
一個月前的那個客人也是武官。
「貓貓，我問妳。妳知道那死去武官的名字嗎？」
「我想想，記得……」
貓貓沉思片刻。
「好像說是王芳什麼的。」
柳條人介紹來的男子也叫做「芳」。
女華大嘆一口氣。
「女華小姐，妳怎麼了？」
「那個男的，也許來我這兒光顧過。」
「什麼～真的嗎～」
「還真巧呢。」
白鈴與貓貓大為吃驚。
女華感到事有蹊蹺，一時做不了決定。她一面猶豫該不該說，一面從案桌裡拿出寶盒。

「記得這不是女華小姐的娘留下的遺物嗎？」

「是啊。」

她從盒中取出破裂的翡翠玉牌，放到貓貓面前。

「又登場嘍，貴族私生女的證據。」

白鈴之所以淘氣地大開玩笑，是因為她知曉女華那套私生女生意經。

「一個月前，單名一個芳字的男子希望我把這讓給他，我拒絕了。」

「真的？」

貓貓眼睛瞪得像銅鈴，看著破裂的玉牌。

「他是來確認我的皇族私生女身世。我就像平素那樣回答得曖昧不清把他請走，沒想到他竟死了。」

從那人身上確實能感覺到一種玩女人的氛圍。假如他真的腳踏足足三條船，那是大快人心沒錯，但總覺得哪裡不對勁。而說到這種疑點，貓貓比女華更敏感。她目不轉睛地盯著玉牌。

「女華小姐，妳以前說這玉牌是個什麼樣的男人給的？」

這事女華只在多年前和貓貓提過一次。

「據生下我的那女人所說，是個相貌端正的王公貴戚。就我從其他娼妓那兒聽來的，說那男子長得俊但身上有股野獸腥味。都說怎麼看也不像是皇族。」

「對，還記得小姐說過鐵定是盜賊或什麼把贓貨塞給她。」

貓貓想起以前聽過的說法，捶了一下手心。

「要說是皇族還是盜賊的話，大概比較接近盜賊吧。」

女華對自己是什麼人的種不感興趣。不，是不再感興趣了。

「還說他的手骨節分明。要真是皇家血胤，怎麼可能會有那種手？」

「野獸腥味。除此之外可有其他特徵？」

「也不見得。」

「嗄？」

貓貓定睛端詳玉牌。貓貓是在宮裡伺候的，想必比女華更知悉皇族之事。白鈴不知是不是不感興趣，吃茶點吃個不停。

「翡翠，從顏色看來是琅玕，價值不菲。」

「似乎在弄破之前就已經把表面削去了。」

「原本的大小約莫三寸（九公分）吧。」

貓貓喃喃自語個沒完。

「小姐，能讓我摸摸嗎？」

「請便。」

「可以削一點下來嗎？」

「現在再多出些刮痕，我也不會在意了啦。」

「白鈴小姐，簪子借我。」

「拿去。」

貓貓用簪子尖端刺了一下玉牌。她在確認刮痕的深度。

「是硬玉。」

雖然是女華說弄出刮痕也無妨，但貓貓下手毫不遲疑仍讓她嚇了一跳。

「謝謝，這還妳。」

貓貓把簪子還給白鈴。

「看出什麼了嗎？」

「玉牌的材料是翡翠中的硬玉，用的是較硬的玉料。表面的刮痕也不是自然刮傷的，而是人為刮除的痕跡，在弄破之前就削掉了。」

「哦。為什麼要削掉？這樣不是會減損價值嗎？」

「我不知道玉牌為何要掰成兩半，但好像能猜到削除表面的原因。」

貓貓的手指滑過破玉牌的表面。

「所以為什麼要削掉？」

「皇族或貴族，有時會遭到家族成員暗殺。因此，這人應該是不想被人知道他是貴族私生子。」

以血洗血的皇位繼承權爭奪之戰，在歷史上比比皆是。女華房間裡的史書，也列出了數不清的前例。

「就只是削掉？索性丟了不是更省事？」

白鈴講得很簡單。

「想丟也捨不得丟。有些東西就是這樣。」

女華不想再談此事，把玉牌收起來。

「女華小姐，我想問妳，妳應該不知道其餘半塊玉牌在哪兒吧？」

「我怎麼可能知道？」

「我想也是。」

貓貓似乎還有些事沒跟女華說。但是，她沒說就表示她不能說，或是認為不說為妙。

女華沒跟貓貓苦苦追問。假如一問之下保持神祕的身世全部被揭露，女華就不再是女華了。

娼妓直到脫離苦海的那一刻，最好都保持神祕莫測。這就是女華的賣點，莫可奈何。

十三話　姚兒，以及羅半他哥的歸返

貓貓前往西都的這段期間，姚兒學會了很多差事。

「拿鑷子來。」

「是。」

如今她已能輔佐醫官動手術了。傷患的手臂骨頭折斷碎裂，必須將碎骨頭清除乾淨。

她作為助手待在一旁，但光是待著就反胃。血腥味、嘴裡咬著布的男子發出的呻吟，以及彎向詭異方向刺穿皮膚的骨頭都讓她不舒服。

雖然口鼻都摀住了，但只能聊作安慰之效。她壓抑著反胃感，把鑷子拿給醫官。

手術結束後，姚兒大吐了一場。燕燕撫摸她的背，貓貓拿水過來。

「謝謝。但妳們還是回去做自己的差吧。」

「好。」

貓貓一聽就走了，但燕燕仍擔心地看著她。

「姚兒小姐您別逞強了，還是我來吧。」

姚兒跟燕燕說過，在當差的地方對她講話不要畢恭畢敬的。

「燕燕，這是我的差事。劉醫官好不容易才准我做的，妳別來阻撓。」

這一年來，姚兒一直在肢解家畜。體驗過宰殺家畜，也學會了如何分別切除內臟。

但是換成人體，她還是不習慣。

把胃裡的東西都吐光了，姚兒回去當差。

貓貓正在清洗方才手術用過的器具。她小心洗掉刀上的血與脂肪以免割到手，然後煮沸消毒。

這個煮沸消毒的過程對宮中醫官們來說是常識，但其實似乎是一項開先河的新作法。據說就算手術成功，也有很多病人後來被治療器具上沾染的毒素毒死。

「貓貓，我也一起來。」

姚兒站到貓貓的身邊。燕燕被其他醫官找去做別的差事了。

「那麼，請姚兒姑娘把煮過的小刀放涼擦乾。」

「好。」

姚兒把小刀擦過晾乾。這是非常重要的步驟，刀具很容易生鏽。

貓貓一面清洗小刀，一面闔起一眼盯著瞧，檢查刀刃有無缺口。有缺口就得重新磨過，若還是不行就得新換一把。

貓貓不只是當助手，如今連手術也讓她來動了。

貓貓似乎原本就慣於治療傷患，從西都回來之後又更上一層樓了。否則劉醫官也不會撇下其他醫官，讓她來動手術。這種行為明顯超出了女官的差事範圍，執刀者欄位從不會填上貓貓的名字。

這就是目前醫佐女官的極限了。

無論多有才幹，都不能嶄露頭角。

姚兒都感到很不甘心了，那貓貓難道不會更不甘心嗎？可是就她看來，貓貓似乎顯得毫不介懷，神態從容地做她的差事。

不像姚兒除了當差以外還有各種事情縈繞心頭，總是滿腦子的煩惱。

「貓貓，我問妳。」

「什麼事？」

「貓貓妳會為什麼事煩惱嗎？」

姚兒不禁開門見山地問了。不知道她聽了會不會覺得姚兒瞧不起她。

「會啊，很多事情。」

貓貓回答得像是毫不介懷。

「我想像不到耶，都是哪些事情？」

「……像是與人的相處之道。」

「咦……」

姚兒心頭一驚。這話說的不會是我吧？但她又不敢直接問。

貓貓說的會是誰？姚兒盯著她的臉看。貓貓略顯尷尬地開口：

「像是有些奇怪的人會常常跑來。」

「啊，妳說奇怪的人啊。」

貓貓從不直接講明，但她的親生父親正是漢太尉。這個人大多都被叫做怪人軍師，有一段時期成天追著貓貓跑。姚兒也覺得那的確很讓人心煩。雖說姚兒的叔父也很囉唆，但還沒離譜到會像個偏離正道者那樣追著她到處跑。

「真是苦了妳了。」

「是呀，苦了我了。」

姚兒稍微鬆一口氣，繼續擦乾放涼的小刀。

小刀都洗得差不多了的時候，伴隨著咚咚噗噗獨特曲調的跫音傳來。

「大家午安～雀姊來嘍～」

擺怪姿勢的來者就像本人說的，是個名喚雀的人物。雀是二十來歲的女子，在月君身邊做侍女，但聽說在一同前往西都之際遭受盜賊襲擊，因此身受重傷。右手幾乎是廢了，肋骨與內臟等處也都留下損傷，卻異常開朗。

「呼，今天身子骨還是一樣疼呢。想請姑娘幫我看看診開些藥，不過藥請幫我多加點蜂蜜進去啊。啊，那邊那位，可以幫我倒杯熱茶嗎～」

雀一進來藥局，就理所當然似的找把椅子坐下，把附近一名見習醫官叫去要求上茶。而且沒人招呼就吃起了擺著的茶點。

臉皮其厚無比，劉醫官看她的眼神也很冷。這個難伺候的醫官一定很想把她攆出去，但月君下令要他們不得趕人。

最近這陣子，不知是不是雀會來的關係，醫佐們常在劉醫官身邊當差。大概是顧慮到傷患是女子，所以才在身邊安排些同性人手吧。

老實講，姚兒覺得對她似乎不用顧慮這些，但她確實是受了一輩子無法康復的傷。

姚兒起初也覺得這人莫名其妙，但她沒那立場開口，於是選擇旁觀。

「貓貓姑娘，貓貓姑娘，要不要與我一起喝茶呀？那邊那位姑娘也一起來吧～」

雀找貓貓喝茶，順便也邀了姚兒。

光看兩人的對話就知道她們很要好。姚兒心想應該是因為在西都相處了一年的關係，但她很想主張自己跟貓貓之間才稱得上是老交情。

「雀姊，雀姊，我現在還在當差所以不行。姚兒姑娘也是，對吧？」

「是呀，我在當差。」

姚兒只能回得如此冷淡。雀也許會因此覺得她很枯燥乏味，但姚兒本來就沒有說笑的天分。

「哎呀哎呀，那真是太可惜了～」

「別說這些了，身體情況怎麼樣了？」

貓貓的聲音聽起來不像場面話，是真的很擔心。

「呼，肋骨這玩意兒一斷，連笑都不行呢。還有睡覺時也痛得緊，真不舒服。」

「貓貓，幫她煎點藥。還有睡前的止痛藥。」

劉醫官把雀的診療都交給貓貓來做。聽說最早幫身受重傷的雀做治療的就是貓貓。

「那麼貓貓姑娘，幫我多加些蜂蜜跟柑橘，少放些生藥啊。」

「生藥只會加好加滿。」

貓貓用乳缽磨碎生藥，跟大量蜂蜜與柑橘攪勻倒進了杯子裡。

「真是不可愛～」

貓貓懶洋洋地在綠色稠漿上放點紅色枸杞做裝飾，插根麥稈進去。

雀一臉嫌難喝地喝藥。

姚兒竟然羨慕起她們的這種對話來，這樣是否太不識大體了？

「這是睡前的止痛藥。不痛的話就不須服用。」

貓貓把用紙包好的藥拿給她。

「謝謝姑娘幫助，不然我連翻身都不行呢。」

起初姚兒以為雀只是講話誇張了些。但她右手的繃帶，以及從胸口到腹部的傷痕都讓人怵目驚心，不知究竟是被哪種野獸襲擊了才會這樣。

一介侍女讓最高階的醫官為她看診，本來是配不上的。但雀就是來看診了，可見一定是立下了夠彪炳的功績。

話雖如此，對雀沒多大了解的姚兒還是只覺得「這個怪人莫名其妙」。

「啊！對了，貓貓姑娘。」

雀從懷中掏出兩封信。

「這兒有妳的信～雀姊不是山羊，不會把信吃掉的。」

「況且山羊被留在西都了沒帶過來嘛。」

「他哥也被咱們忘在那兒了呢。」

「這件事提不得。」

貓貓用雙手比一個大叉。

「放心吧，他就快回來了～聽說他搭的船就快到了。」

「那就好。」

聽到貓貓與雀聊起只有她們之間聽得懂的話題，讓姚兒一陣落寞。話雖如此，姚兒也不便插嘴。

貓貓盯著信瞧。似乎沒寫寄信人是誰，但她看筆跡與紙張似乎就猜到是誰了。一封信讓她一臉詫異，看另一封時表情則像是充滿決心。

「喂，藥喝完了就過來這兒。幫妳換布條。」

「來嘍來嘍～」

雀被劉醫官叫到，走進診間。

「貓貓妳也過來。」

「是。姚兒姑娘，剩下的就拜託妳了。」

「好。」

貓貓也被叫去，於是姚兒把其餘小刀擦乾淨。

姚兒散值後，回到羅漢府。然後撞見了一名人物。

「姚兒小姐，歡迎您來。我找到新住居了，妳看看怎麼樣？」

一個叫什麼三號的家僕，拿著住宅平面圖過來。三號外貌像是俊美青年，其實是個服男裝的女子。

三號從來不說「您回來了」，都說「歡迎您來」。

「總之您先搬去住住看，不喜歡的話再搬走便是了。多少房子我都能給您找來。」

三號乍看之下待人親切，其實就是拐著彎說「快點滾出去」。

「小姐一定累了吧，要不要洗個熱水澡？」

燕燕岔入了她與三號之間。

「三號姑娘，我家姚兒小姐累了，有事晚點再說。」

「好的。我東西都準備好了，小姐隨時可以叫我，不用客氣。」

「呵呵，妳真親切。但我看妳似乎正準備出門，動作是不是得快點？」

姚兒也已經成熟不少了。不會直接發脾氣，而是拐著彎叫她快點出去。

「說得也是。今兒府上有客人，請二位待在廂房好好休息。」

三號酸言酸語地離去了。

「……」

燕燕面露複雜表情看著三號的背影。

「怎麼了？」

換做平常的話燕燕已經幫她撒鹽驅邪了，今天卻沒這麼做。她這才想到，燕燕從上回放假時樣子就不太對勁。

「唉，真是沒眼光……」

燕燕喃喃自語著些什麼。

「什麼沒眼光？」

「沒有，沒什麼。」

燕燕幫姚兒準備替換衣物與手巾。

姚兒她們目前暫住的羅漢府廂房沒有浴堂。因此她們特別準備了大木桶來代替浴盆。起初她們會借用本宅的浴堂，但那個叫三號的家僕特別幫她們弄來了木桶。乍看之下很親切，其實也是在警告她們不許用本宅的浴室。

三號顯然對姚兒懷有敵意。同時，姚兒也對三號懷有敵意。

「來，小姐，用熱水洗洗澡吧。」

熱水早已備好。跟三號同為羅漢家僕的四號年紀雖小，卻聰明伶俐。他算好了姚兒她們回來的時刻，先把熱水給備好了。

燕燕加些涼水到熱水裡，把水溫調整到剛剛好。

姚兒褪下衣物，踏進桶裡。她很想在泡進浴桶之前先洗過身子，但這裡不是器物一應俱全的浴堂，很難這麼做。

燕燕用軟布輕擦姚兒的手腳。姚兒說過可以自己洗，但燕燕不聽。

「姚兒小姐。」

「什麼事，燕燕？」

燕燕弄溼姚兒的頭髮，搓洗頭皮。

「既然貓貓也回來了，是否該考慮搬出去了？」

燕燕像是試探般地詢問姚兒。

「……說得也是，可是搬家很費工夫，還是慢慢考慮吧。」

舒適的水溫引誘姚兒進入夢鄉。

姚兒已經在羅漢府寄居了一年。起初她是為了躲避叔父幫她談的婚事，才會躲來這裡。可是叔父後來去了西都，自己為何還繼續住下？

她擔心朋友貓貓。為了得到貓貓的消息，姚兒要求讓她再住一陣子。

如今貓貓回來了，還要找什麼樣的理由？

姚兒知道自己找的藉口根本都說不通。不知不覺間，她寄居羅漢府的原因已經產生了變化。

「燕燕，羅半大人還沒有回府嗎？」

「應該還沒吧。」

一提起羅半的名字，燕燕的聲音立刻變得憂鬱不樂。

「如果要搬走，妳不覺得應該先向羅半大人商量嗎？」

「我想沒這個必要。」

燕燕講得斬釘截鐵。

燕燕很討厭羅半。羅半對姚兒的態度很強硬，大概是這點讓她不高興吧。

燕燕時常講羅半的壞話。羅半愛找年長的對象，常常和寡婦來往。對金錢一毛不拔，身為官吏卻利用家僕的名義做各種生意。除此之外，還聽說他過去為了奪得家主之位而與羅漢勾結，將祖父與爹娘趕出家門。

燕燕會出於私情把事情講得加油添醋，但應該沒有說謊。

姚兒同樣不覺得羅半善良。但羅半的行為也並不邪惡。

羅半身高比姚兒矮。相貌實在稱不上英俊，頭腦聰明但運動完全不行。看似對女子溫柔以待，但純粹只是表面工夫，一旦試著深入他的內心就會立刻被拒於千里之外。

以一名男子來看，要問有無魅力的話只能說全然沒有。至少以姚兒的標準來看是沒有。

可是，姚兒心裡為何如此惦記著他？

姚兒很清楚，羅半最多只把姚兒當成貓貓的同僚。親切相待純粹因為她是義妹的同僚，再要求更多就被敬而遠之了。

姚兒很清楚，自己做這些都是枉然。她越是接近羅半，恐怕越是會拉大兩人的距離。但姚兒總覺得現在要是與他有了距離恐怕就再也沒機會親近了，因此她也無法打退堂鼓。明明弄得自己丟臉、難看又可悲，卻就是無法不做點什麼。

「燕燕，我問妳。」

「什麼事？」

「燕燕妳不想成婚嗎？」

「小、小姐怎麼忽然問這個？」

燕燕幫姚兒擦身體。

「因為若是燕燕的話，哪戶人家一定都搶著要吧。」

從年齡來說早就該成婚了。

「我是姚兒小姐的奴婢。在姚兒小姐成婚之前，奴婢無意婚嫁。」

「但我怎麼看妳似乎無意讓我嫁人？」

「沒、沒有的事。」

燕燕顯而易見地變得心慌意亂。拿衣服給姚兒的手在微微發抖。

「只要出現配得上姚兒小姐的如意郎君，我樂於為小姐縫製嫁衣。」

「那妳說，什麼樣的人才配得上我？」

「咦？」

燕燕又心慌意亂了。

姚兒繫起衣帶，用手巾擦拭溼頭髮。

「這、這個嘛……」

來到廂房的廳堂，晚膳已經備下了。這也是四號在燕燕要當差的時候，體貼地準備的晚膳。由於菜色是在燕燕監修下調理而成，營養管理上也沒有問題。

「配得上姚兒小姐的人——」

燕燕大吸一口氣。

「必須是可靠的成熟男子。但年紀也不能大太多，比小姐大十歲以內才符合理想。此人出身背景必須清楚，與您門當戶對才行。再來，身高要約莫六尺（一百八十公分），體格結實、身體健康自不在話下。聰明一點當然最好，但不能是死腦筋，要懂得隨機應變。陷入困境時要能夠抱持希望克服難關而不是輕言放棄。要有鋤強扶弱的心志，但不能以暴制暴。長得好看當然很好，最重要的是心性。與其找個性好女色的，倒不如純真點的更好。但是要能大度包容，而又不會管東管西，然後對任何事情都持謙虛態度。這點是最要緊的！」

燕燕連珠炮似的劈哩啪啦講了一長串。

「上哪兒找這種人？」

燕燕的理想標準也太高了。

「只要努力找一定會有！」

姚兒覺得燕燕在撒謊。姚兒總覺得燕燕是不想讓她嫁人，才會開出這種強人所難的要求。話雖如此，姚兒也不想把官職做到一半就嫁人。假若可能的話，姚兒還希望燕燕能幫她找個人來代替她生孩子。

「真要說的話，這哪裡是我的如意郎君，我看是燕燕的吧？」

「是呀，姚兒小姐的夫君對我來說也是老爺。我只是說出自己心目中的理想老爺罷了！」

燕燕把粥盛到碗裡，端到姚兒面前。

「那燕燕妳去嫁給那個人算了。」

姚兒拿起調羹舀粥。這時，遠處傳來了聲音。

「喂——有沒有人在啊——？」

是一名年輕男子的聲音，正在呼喚某人。

「羅半——不在嗎？」

不知道是誰，只知道似乎在找羅半。

「羅半大人還沒回府，對吧？」

羅漢府沒置太多家僕，尤其是目前這時段更是沒人。三號剛剛才出門去了。

「你是何人，不許擅闖！報上名來！」

「你說什麼？你不知道我是誰嗎？」

氣氛不太對勁。姚兒好奇地放下調羹。

「小姐您不用管沒關係的。」

「只是去看看而已。」

燕燕顯得不大起勁，但似乎無意攔阻姚兒，拿了件外衣來給她披上。

「我看你是新來的吧！自己伺候的家裡住了些什麼人，總該記一下吧。」

「每個可疑的傢伙都是用這套說詞溜進來的。」

「你說什麼！」

一名二十五歲上下的男子，在府邸門口跟門衛吵架。個頭應該算高吧。體格健壯，皮膚曬得通紅。本以為是南方出身，但五官看著像是中央人。雖然相貌沒什麼顯眼特徵，但講得好聽點也能形容成俊美。

聽到騷動聲，四號等人以及與羅半一同回府的俊杰也來了。

「發生什麼事了？」

四號過來關心。跟在四號後面的五號與六號神色不安。

「有個人跑來說是家裡的人，要我放行。」

「啊，那位是……！」

俊杰過去找門衛與那名可疑男子。

「跟你說，我的名字是……」

「羅半他哥！」

「欸？」

俊杰對著可疑男子……更正，是羅半他哥說了。

「好久沒見到您了。不過您怎麼會回來了？我聽別人說您留在西都，處理還沒完成的公務。」

「不，我不是留下處理公務……」

羅半他哥支吾其詞。

既然稱呼為羅半他哥，那應該就是羅半的哥哥了，但長得完全不像。

「我真的很尊敬您。我後來才聽說，蝗災造成的損害之所以能控制在那點程度，都是因為您跑遍全戌西州警告民眾的緣故。羅半大人告訴我，要不是有您在，最起碼已經造成十萬人餓死了。我聽了好驚訝。我還有我的家人之所以能保住一命，都是託您的福！」

俊杰兩眼發亮，看著羅半他哥。那雙純潔無瑕的眼眸震懾了羅半他哥。

「俊杰，抱歉打斷你們說話，可以跟我介紹一下這位大哥嗎？」

「啊，失禮了。姚兒小姐，這位是羅半他哥，是羅半大人的兄長。」

姚兒知道這位是羅半的哥哥，不過她這才發現「羅半」是大人，「羅半他哥」卻是直接這麼稱呼。

三號大概就是去接羅半他哥的吧。不知為何似乎錯過了。

「羅半大人的兄長……」

門衛尷尬地看著羅半他哥。他方才完全把人家當成了可疑人物。

「小、小人該死。」

門衛跪地磕頭。

既是羅半的哥哥，就是「羅字一族」之人。

「啊——都過去了，沒關係啦。我早習慣了。」

羅半他哥抓住門衛的手臂，拉他站起來。

「為了這種怪理由跟我低頭我反而為難，況且也得怪我沒等人來接就自己回來。別放在心上，你繼續當差吧。」

羅半他哥揮揮手把門衛趕走。看樣子並不打算做任何處罰。

「有幸初次拜見少爺。小的名叫四號，在貴府伺候。後面兩人是五號與六號。我以為三號去港口接您了，看樣子她沒趕上，請少爺恕罪。」

「沒關係，沒關係，反正路也不遠。很久沒回京城了，我就徒步回來當作散步。」

「徒步？但從港口到這府邸路途應該很遠才是。」

「鋪裝過的道路走起來真輕鬆啊。」

「少爺應該累了吧？」

「在船上都閒著沒事，正好活動活動筋骨。」

看來雖是羅字一族，但屬於喜愛戶外活動的類型。

姚兒考慮了一下該怎麼做，然後向前走出一步。

「大人幸會，小女子名叫魯姚，於府上叨擾。她是燕燕。」

姚兒覺得自我介紹是很重要的第一步。

「什、什麼？」

羅半他哥一看到姚兒她們，頓時慌了手腳。

「敢問大人尊姓大名？」

姚兒覺得就叫人家羅半他哥未免也太失禮了。雖然也有人說女子主動詢問男子的名姓不檢點，但姚兒是進宮供職的女子。她想活得積極主動，而非淪於被動。

「這個嘛，我……」

羅半他哥支吾其詞，視線落在俊杰身上。俊杰依然兩眼發亮地望著羅半他哥。

「叫我羅半他哥就好。」

「羅、羅半他哥嗎？」

「對，我是羅半的哥哥，所以是羅半他哥。」

他那像是死心又像是頓悟的清澈眼瞳，遙望著夕陽。

姚兒覺得不愧是羅字一族，又來了個怪人。同時她也覺得羅半他哥很接近燕燕所說的「理想老爺」，但終究沒說出口。

十四話　阿多的真相

孩子們的嬉鬧聲響徹了阿多的宮殿。侍女們追著在寬廣宮殿內到處亂跑的孩子們。

「很危險的，你們等等啊。」

「才～不～要～」

男孩一面往旁邊看，一面吐舌頭。也許是走路沒看路的緣故，男孩撞上了經過一旁的阿多。

「啊，阿多娘娘。」

侍女低頭謝罪。這些侍女全是自後宮時期便伺候阿多至今，將阿多的生活起居打點得妥妥當當。

「哈哈哈，真是活潑。不過，走路要好好看路喔。」

阿多扶起撞上自己的男孩。

「阿多娘娘，對不起。」

男孩向她道歉。

「阿多娘娘，跟我們玩捉迷藏好不好？」

其他孩子也紛紛靠近，拉著阿多的手。

「今天不行，我有客人呢。」

阿多粗魯地摸了摸男孩的頭，也摸了其他每個孩子的頭。

阿多宮殿裡的這些孩子，原為「子字一族」的遺孤。阿多接受「月兒」——月君的請託，將他們藏匿在這裡。

他們還不知道自己的爹娘怎麼了。阿多還沒告訴他們。直覺靈敏的孩子自然而然地都閉口不提，年幼的孩子則是把爹娘忘了。

他們必須忘記自己是子字族人。一旦自稱子字族人，無論阿多或月兒如何藏匿保護，最終都會被送上絞架。

「不可以為難阿多娘娘。過來這邊。」

一名個頭高挑的年輕人靠近過來。這人有著能讓姑娘們興奮尖叫的端正容貌，但並非男子。

「翠，拜託妳了。」

「遵命。」

翠苓——這名女子也是子字一族的倖存者，同時也是先帝的孫女。她同樣也是不能為朝廷所承認之人，因此由阿多藏匿於自己的宮殿裡。
翠苓為人聰慧穩重，且稍有醫術心得。阿多覺得這麼做是浪費優秀人才，但無可奈何。她註定必須躲躲藏藏過一輩子。
「對了，貓貓等會兒要過來，翠妳不想見見她嗎？」
阿多之前先寄過信給貓貓。後來收到回音，約好了等一下就過來。
「貓貓啊……還是罷了吧。」
「明明看妳們在西行之旅時關係不錯啊。」
眾人啟程前往西都之際，阿多讓翠苓與他們同行。那時翠苓還曾經與貓貓一同治療傷患。
「是娘娘多心了吧。」
翠苓牽著孩子們的手走開。
「難得來了能跟妳講講話的人，多可惜啊。」
只有少數幾人知道翠苓的存在。她的存在從未受到朝廷公認。能見面、講話的時候不跟人講講話，終有一天會被遺忘。
「我也不見得能一直陪著妳啊。」
阿多一邊抓抓脖子後面，一邊走進宮中。

貓貓準時到來。信寄出之後過了這麼久才來，想必是因為她不如隱居的阿多來得清閒。

「阿多娘娘，久疏問候。」

「真的好久沒來問候了呢。」

雀也在貓貓身旁。聽聞她在西都受了重傷，但如今依然露出一如往昔的笑臉。

之前捎給貓貓的信就是請雀送去的。

「哈哈哈。妳們在西都似乎碰上了大風大浪啊。」

阿多躺在臥榻上，喝果子露。同貓貓敘舊的話本來會準備酒，但這次要談的內容不太一樣。

「發生了很多事。」

「真的狀況一堆呢。阿多娘娘要聽雀姊說說嗎？」

不知為何，雀有點在搶著做事。貓貓似乎覺得奇怪，輪流看著阿多與雀。當雀把阿多的信拿給她時，一定嚇了她一跳吧。

「阿多娘娘，您與雀姊是……？」

「我透過雀把信帶給了貓貓妳。這樣妳應該已經猜出幾分了吧？」

阿多吃著桌上的烘焙點心。點心加了大量的酥（奶油），吃起來齒頰留香。

「所以雀姊真正的主人是阿多娘娘，我這麼說對嗎？」

貓貓說中了正確答案。

「正是如此。」

「是呀，被妳說對了。」

阿多與雀各自承認。

「我遷居這座離宮後不久，皇上就讓雀來伺候我了。」

「是呀，產後才剛回職場就忽然把我調職呢。不覺得太會折騰人了嗎？」

雀裝模作樣地假哭。

「難怪雀姊的行為與月君有些互相牴觸。」

貓貓恍然大悟似的嘆一口氣。

「謝謝妳一點就通。」

阿多把烘焙點心推到雀與貓貓面前。雀毫不客氣地拿了就吃，阿多也希望她盡量多吃點。雀可是因為忠實服從阿多的命令，才會害她廢了慣用手。她表現得再怎麼旁若無人也必須笑著包容。

「沒錯，雀伺候的是我。」

「是了。」

雀嘴角沾著烘焙點心的碎屑承認。

「皇上命我以阿多娘娘的命令為第一。」

「可是雀姊看起來，怎麼像是一直在為壬……月君效命？」

「就叫他壬氏也無妨。我也都叫他『月兒』。」

貓貓盯著阿多瞧，也許是在猜測阿多接下來要說什麼。而她猜得大概沒錯。

「阿多娘娘對我說，我的任務就是『讓月君幸福』。」

雀一說完，阿多跟著承認。

「正是如此。」

貓貓依然保持沉默。阿多心想，她許是心裡已有了底，卻猶豫著不知該不該開口。因此阿多決定把話講明。

雀覺得自己不用再說什麼，就靠到了椅背上。她平素聒噪多嘴，但深知自己的立場。阿多接下來要對貓貓說的話，她是絕對不會洩漏出去的。

「因為月兒是我的親生兒子。」

就阿多看來，貓貓並不驚訝。貓貓將視線從阿多身上調離，低下頭去輕嘆了一口氣。

那副神情就像是被迫面對壓根兒不想知道的疑問解答。

「看妳這副樣子，我想妳早已察覺到我與月兒的事了。」

「只是覺得有此可能。」

「所以妳早已察覺到，我把真正的皇弟與吾子掉包的事？」

「……是。」

貓貓臉上寫著「察覺是察覺了，但真不想直接知道」。阿多偶爾會從各處聽說月兒與貓貓的事，這下才知道兩人感情為何停滯不前。想必是貓貓一直在裝傻推託。

「娘娘為何要對我說這些？」

「也沒什麼，只是聽到了很多事，說是從氣氛感覺得到月兒與貓貓在西都似乎有所進展。」

貓貓立刻瞪著雀。雀裝模作樣地仰望天花板吹口哨。

阿多知道，照貓貓的性子必然不喜歡男女情愛之事被人用這種方式傳揚出去。阿多昔日也曾被人拿她與皇上的關係做消遣，好幾次讓她恨不得掐死周圍的宮女。當時阿多只把皇上當成同個奶娘餵大的青梅竹馬，還記得這事弄得她心裡非常不舒服。

但是事情發生在別人身上就變得有趣起來了，真傷腦筋。

阿多搖搖頭勸戒自己。己所不欲，勿施於人。

「由我來說這話或許不太恰當，但月兒是個相當麻煩的男人。」

「這我知道。」

貓貓目光飄遠。

「同時他畢竟還年輕，大概再過不久就會召妳入宮吧。」

「我在收到阿多娘娘的信時，也從雀姊那兒拿到了您說的這種信。」

阿多望向雀。雀裝模作樣地吹起口哨來。

「妳知道這次進宮代表什麼意思嗎？」

阿多不知月兒把貓貓叫去，是否真是為了與她結成燕侶。也許純粹只是找她去談天或商量些事情。但是，就一般狀況來想，身分高貴的男子把女子召進宮中，就是要叫她侍寢。

「小女子怎麼說也是出身自煙花巷。」

貓貓大嘆一口氣。

「這與一般的男女夜訪可不能同日而語啊。那小子怎麼說也繼承了我國最高貴的血統。」

「……我比別人知道更多避孕的法子。我會做得不留下後顧之憂的。」

貓貓是個極端實事求是的女子。月兒既是阿多之子，生父便不是先帝而是當今皇帝。皇弟與當今皇帝的長子，在身分立場上大有不同。一個是尚不滿七歲的皇后幼子，一個是早已元服的側妃之子。站在皇后的立場考量，恐怕只能祈禱至少在吾子元服之前皇帝龍體安康吧。

茘國皇位採世襲制，基本上由長子繼承。本來最接近君位的，應該是月兒才對。

皇后玉葉后有著濃厚的異國血統。有不少朝臣對於東宮的一頭紅髮感到不快。也有人重視血統，請求皇上改立梨花妃之子為東宮。

昔日阿多與皇太后共同策畫，調換了嬰兒。時光一去不復返，月兒必須在不知道真相的狀態下，用虛偽的身分地位活下去。

阿多沒臉現在才來擺出母親架子。但是，她忍不住要問貓貓：

「若是有個萬一，妳可有打算偷偷把孩子養大？」

就算使用避孕藥或墮胎藥，要懷上的時候還是會懷上。

「那樣難道不會輕易奪去數十、數百條人命嗎？」

貓貓擔憂的是引發權力鬥爭。

「與其那樣，不如用長針刺我一人的肚子要來得輕鬆多了。」

「用針刺？這是煙花巷一般的墮胎法嗎？」

「還是說我應該服用水銀、毆打肚子，或者是浸泡冷水？」

貓貓很明理。她不是那種只看月兒容貌俊麗就深陷熱戀的女子。她知道既然已經接受月兒的感情，就需要這份決心。

這讓阿多更加憐惜起她來了。

「不只是如此。貓貓妳若接受月兒的情意，就再也不能踏出我國一步了。」

「百姓大多都一輩子不會離開國內，有些人甚至從未踏出過自己居住的土地。」

「妳說得對。」

茘國女子的一生取決於家世。愈是富貴人家的子女愈是不會遠行，其中想必有人就在宅第裡度過了一生。

然而，阿多的視線卻望向遠方。

「若是我說以前我希望有朝一日能出國增廣見聞，妳會覺得我乳臭未乾嗎？」

「不會。」

貓貓搖搖頭。

「遙遠外地有著許多這兒沒有的事物。不只是物品，還有語言、文化，以及藥草、藥劑或治療法等。因為只要風土民情不同，自然也會衍生出各種不同的病症。」

貓貓講到後半，語氣帶著一股莫名的熱情。這個姑娘想必跟阿多一樣，對異邦懷有一份憧憬。

去了足足兩趟西都，等於是完成了一輩子的旅途。貓貓已經比年紀相仿的其他姑娘要見多識廣得多了。

「呵呵，但我的夢想在十四歲就結束了。」

阿多回想起自己曾經自由過的歲月。那時她是東宮奶娘之女，與當今皇帝作為奶姊弟一起長大。

「叫我陽吧。」

她的義弟如此說了。月兒之所以是月，是為了作為與陽並立，但絕對無法超越他的存在。

阿多穿著打扮像個男兒。她和義弟兩個人一起偷吃東西、爬樹，有時還蹺掉夫子的課，拿兩人共通的大哥高順尋開心，分享歡笑。

假若阿多是男子的話，也許那份情誼能延續至今。

阿多把陽當成了朋友。但是，千萬不能忘記的是，陽是一國之君，阿多只是臣子。

一旦他要求阿多當「曉事人」，她無權拒絕。

她不只一次想逃走，但自然是辦不到的，結果只能死了這條心。

阿多知道陽是在拖自己下水。

皇帝是打出生以來就沒有自由的存在。如果是忘了職責的昏君還另當別論，偏偏陽是個賢君。他只有到了後宮，才能享有片刻自由。知道自己一旦黃袍加身，就得度過處處受縛的一生。

對阿多而言陽是朋友，對陽而言卻不是如此。

阿多明白男女之間絕無平等，但這對她來說無啻於被斷了羽翼。
沒錯，皇族打出生以來就沒有自由。但是同時，他們也能奪走任何人的自由。
陽沒發現這點。他忘了自己是剝奪的一方，要求阿多來當「曉事人」，命她侍寢。
阿多擔心貓貓會跟她走上同一條路。身為母親，自當祝福親生兒子的戀情開花結果。但是，阿多懷有的良心……不，可憐過去那個自己的記憶讓她說出了這句話：
「現在還有辦法逃走，我可以幫妳。」
聽到阿多此言，貓貓露出詫異的神情。
「這沒什麼，我多少也還保有一點權柄。」
雖然微乎其微，但應該能勉強想點辦法。
「娘娘請且慢～」
雀代替貓貓發聲了。
「怎麼了？」
「阿多娘娘，您這樣是自相矛盾了～這麼一來，我就無法實行我接受的命令了～阿多娘娘不是命令過奴婢『要讓月君幸福』嗎～？」
阿多笑了起來。
「這有什麼？一個男人若只因為一名女子離去就變得不幸，那他也就只有那點器量了。

身為一名良臣，難道不該努力另找法子彌補主子嗎？」

「真是會強人所難呢。」

雀雙臂抱胸偏著頭。

阿多從前，曾在西都參加過壬氏近似相親的宴會。當時到場參與的所有人，都巴望著能成為皇弟之妃，月兒無論選誰都是如了對方的意，因此她無意置喙。

後來，她一時誤會月兒有著奇特癖好，但當她聽說月兒的心上人乃是貓貓時，她才確定月兒絕不會為惡女所誆騙。

可是，阿多認識貓貓，不禁拿自己與貓貓做了比較。

貓貓定睛注視阿多。

「阿多娘娘。我不在乎雀姊有何使命，但您說的我都明白，所以我才會處於現在這樣的立場。」

「真的嗎？妳不後悔？」

「我打算盡量請他讓步，免得我日後才來後悔。」

「呵呵，讓他在宮中修築個大型溫室如何～？」

「真是個好主意。」

貓貓與雀似乎很合得來，面臨這種情況依然能互開玩笑。

看起來阿多的一席話反而鞏固了貓貓的決心。

「順便再來座果園怎麼樣？雀姊好想吃新鮮荔枝吃撐肚子喔～就像傳說中的那位美女一樣。」

「在溫室裡或許種得起來喔。不過吃太多荔枝會上火，對身體不好。」

「哎喲，這樣啊。吃個一百顆應該不妨事吧～？」

「最多請吃十顆就好。」

雖然只是隨口閒聊，阿多聽著卻感到心情莫名地變得安穩。

阿多以為貓貓是個活得自由奔放的姑娘。這會可得為了擅自誤會人家道歉才行。

貓貓的想法比阿多所想的更靈活，而且什麼都困不住她。她不會試著逃離或破壞關住她的牢籠，而是會改變自我，為自己謀求最大的好處。

這是十四歲那年的阿多想都沒想到的人生態度。

「原來也有這樣的人生啊。」

阿多想起自己以前向陽許過的願望。

『讓我成為國母吧。』

本來以為這麼說，他就會還阿多自由。那只是一句渾話，說是玩笑也行。

阿多說錯話了。

『讓我繼續做你的朋友吧。』

她真應該抱著一線希望這麼說的。應該說出阿多的真心話才對。

做下那個約定後過了二十幾載，如今阿多仍然無法離開陽的身邊。即使出了後宮，陽仍然對她有特別待遇，將她藏在離宮裡。本來縱使是失去了上級嬪妃之位，也必須繼續留在後宮才行。

由於阿多雖被逐出後宮但破例獲賜了宮殿，沒有人敢輕視阿多。

要是能索性被放逐，肩膀還輕一些。

阿多就這樣一直留在離宮。而且還代為照料「子字一族」的遺孤們與翠苓。

就像在告訴她，即使妳作為曉事人與嬪妃的職責已經結束，還有事情要讓妳做。

「我是否壓得你們動彈不得？」

阿多長吁一口氣。

陽是否不只阿多，就連她的兒子也要束縛？

而她的兒子，也要束縛貓貓嗎？

想到這些，就讓阿多對自己的無能為力感到焦急，才會向貓貓做出那種提議。

但是，她太小看對方了。貓貓比阿多更能隨機應變，是個不好惹的頑強姑娘。

「貓貓。」

「什麼事？」

「妳有沒有什麼想要的東西？」

「這麼問我，我一時也答不上來。」

「我不懂生藥，但嬪妃時期的珍寶可以給妳。只要拿去變賣，總能買得起一、兩種藥材吧。」

阿多提出這個想法，作為把她叫過來的補償。雖然用財物掩飾內疚欠缺格調，但貓貓的話必定不會介意。

「珍寶嗎？莫非娘娘有珍珠？」

「珍珠嗎？真意外，妳喜歡嗎？」

「喜歡。可治眼疾、皮膚病，其他還有很多用途。」

貓貓兩眼發亮。

「反正都要磨碎，比起品質，數量多我更高興。」

阿多的飾品好歹也是皇帝御賜的東西，她卻以弄壞為前提想伸手要。

「哈哈哈哈！」

阿多忍不住開懷大笑。

「喜歡什麼儘管拿去吧。要不要再來點珊瑚？」

「娘娘願意給我的話！」

「啊～好浪費喔。」

雀銜著手指說：「我也想要。」於是阿多塞塊烘焙點心到她的嘴裡作為代替。

阿多一邊放聲大笑，一邊許下心願。

『但願月兒不會走上與陽同樣的道路。』

她如此心想。

十五話　壬氏的動搖，貓貓的決心

一股香味飄進壬氏的鼻子。

「氣味不會太重了嗎？」

壬氏一邊用晚膳，一邊對水蓮說了。

「怕是您多心了吧？您在西都待得久，在那裡香料都得省著用嘛。」

「是嗎？」

壬氏用筷子夾肉。這道菜是滿滿的一盤柔嫩豬肉，用佐料讓肥膩的豬肉變得較為爽口。其他還有炒鰻魚與甲魚湯等，總覺得菜餚的數量似乎比平常多，而且很多都具有滋補強身之效。

「今天的晚膳怎麼這麼大魚大肉的？」

「怕是您多心了吧？一定是您在西都待得久了。多吃點喔。」

水蓮「呵呵呵呵」地笑著。

壬氏覺得怎麼想都有蹊蹺，眼睛望向屋裡的侍衛。

「今天本來不是馬閃當值嗎？」

「聽說明日有賜字家族的聚會，我便讓馬閃回去了。看他和麻美好像在談些什麼，坐立難安的。」

「馬閃與麻美嗎？」

壬氏猜大概是麻美在打什麼鬼主意吧。

話雖如此，眼下水蓮看起來才是在打鬼主意的那一個。

「方才浴池裡為何漂浮著花瓣？」

沐浴時花瓣老是黏在身上，非常礙事。

「熱水溫度剛剛好對吧？我還加了能促進血液循環與新陳代謝的藥浴方呢。」

她都做了這麼多了，壬氏再傻也知道她的意思。

畢竟這些事情以前，自己在後宮也替皇帝做過。現在在壬氏的宮中，水蓮像這樣在策畫些什麼，可見今天一定是有人要來。

而壬氏在數日之前，給貓貓送過了信。

「水蓮，妳該不會……」

「今日貓貓要來，她好久沒來了。您也給她寄過不只一封信對吧？」

壬氏確實是寄過好幾次信，但都只是告知近況等而已。他可沒命令貓貓來宮裡。只是，信上有告訴她希望能見個面說說話。他寫得很委婉，說等到當差告一段落再來即可。

「不是，妳且等一下。不就是貓貓要過來而已嗎？」

回到京城以來已經過了半個多月。這是自返京以來貓貓初次造訪壬氏的宮殿。

「您和她最後一次見面是在下船的時候吧。從西都乘船回來之後，畢竟大家都忙嘛。這會我才收到回信，說她總算能喘口氣了。」

「不是，就算說是貓貓要來，這氣氛也……」

壬氏望向寢室。香料燒得比平時更濃，簇新褥子上灑滿不合季節的玫瑰花瓣，華蓋換成了花卉圖樣的鉤花帷幕。房間各處布置著花瓶與蜜蠟蠟燭，燈火隨著滿室甜香搖曳，營造出如夢似幻的氛圍。

壬氏急忙把香料與蠟燭弄熄，打開窗戶讓空氣流通。然後把滿床的花瓣丟進垃圾桶，收拾掉花瓶。

「呼……呼……」

「哎呀哎呀。」

「哎呀哎呀個頭！這房間是怎麼搞的！」

以前貓貓曾經在綠青館試著招待壬氏。現在的狀況演變得跟那時候很像。

「做什麼事都需要營造氣氛呀。小殿下都已經和貓貓兩情相悅了嘛。」

「兩、兩情……」

壬氏發急起來，急得他眼神飄移不定，想佯裝鎮定，嘴角卻不爭氣地上揚。

「費了好長一段歲月啊。真的，老嬤子我都不知道操過幾回心了。人稱我國至寶、神仙遺珠下凡等，不分男女老幼均為之痴迷的小殿下，竟然也會像那樣變得跟您這年紀的孩子一樣。噢不，若是真像您這個年紀的話，娃兒都生了也不奇怪。」

「呃……不，不是妳想的那樣。」

壬氏沒有特意跟水蓮瞞著他和貓貓的事，但也沒和她說過。船旅期間由於閒雜人等較多，他們倆幾乎沒時間跟對方獨處。

因此，壬氏本來還以為沒有任何人察覺。

「老嬤子的女子直覺可是神準的。」

看著這老太太「呵呵呵」笑著瞇起眼睛，壬氏由衷對她心生畏懼。

壬氏一臉尷尬地把滿頭頭髮抓亂。

「不，但是，對方可是貓貓啊。」

「貓貓也已經是二十出頭的姑娘了，就算還是姑娘之身也懂這些知識吧。又沒有差事卻依信中所言來到郎君的房間，這意思她不會不懂的。」

水蓮笑容可掬地講得十分肯定。

「不，就算是這樣，這房間也太……」
「我是覺得弄得大方一點比較直截了當呀。」
「太大方了！這種的應該再多重視一點氣氛……不，不對不對！」
壬氏在床沿坐下，撩起瀏海。漸漸地異於羞赧的另一種情感湧上心頭。不，這可不成。
壬氏拿起放在床邊的水喝一口。
「啊，那是……」
「噗！」
水喝起來有股怪味。而且帶有一絲酒香般的氣味。
「喂，水蓮，妳往裡頭加了什麼？」
喝進嘴裡的水沒有下毒，但跟方才的晚膳有異曲同工之妙。壬氏情緒開始變得高昂，身體逐漸發熱。
「哎呀，我只放了一點也被您喝出來了？不是毒藥。」
「喝不出來才怪，貓貓的話更是一聞就發現了吧。」
水蓮不情不願地收走水瓶。
「呼……」
壬氏試著做深呼吸壓抑劇烈狂跳的心臟。

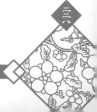

一個早已元服的二十出頭男子在動搖個什麼勁？什麼樣的女人沒溜進他的寢室過？

那些女人的豐滿肉體往他身上欺，黏膩的大紅色嘴唇逼近過來。嗆鼻的香味甚至令他作嘔。斜眼看著那些女人發出尖叫被侍衛們揪著頭髮帶走，壬氏就以為自己對女人無所不知了。

這就是所謂的井底之蛙。

「青蛙……」

無意間，壬氏想起了一個討厭的名詞。他差點低頭看看自己的胯下，這才發現自己被貓貓影響得實在太深。一般來說，沒人會用青蛙來形容胯下。

「冷靜點，冷靜點。」

是該來念經，還是練武好？

壬氏滿腦子都在煩惱這些事時，客人來了。

「來了來了。貓貓，好久不見了。進來吧。」

「是，水蓮嬤嬤。」

懶散沒幹勁的聲音傳進耳裡。

壬氏整理衣襟，做個深呼吸。然後若無其事地走進廳堂。

貓貓神色如常，表情像是半睡半醒。手裡抱著一只大布包。

「一陣子沒見了。」

「是，壬總管。」

「要喝點什麼嗎？」

平素的話水蓮會端茶來。但是，今日就不同了。芳醇的蒸餾酒，倒進晶瑩剔透的玻璃杯中。這是很烈的酒，平時就算壬氏要喝，水蓮也會說怕影響到翌日公務而不太願意讓他喝。如今這種酒卻倒了滿杯。

「哦哦～哦～哦～」

貓貓兩眼發亮，目光盡被香氣馥郁的琥珀瓊漿奪去。甚至口水都流出來了，看得出來她有多貪杯。

但是把自己忘到九霄雲外就傷腦筋了，於是壬氏很刻意地把酒餚推到貓貓面前。

「喝酒不吃東西傷身。」

酒餚是炒熟的核桃、落花生與松子，撒上點鹽。另外還附上了無花果與龍眼等果乾，但貓貓只顧著享受美酒。

「當差當得如何？」

「頭一天就在怪人軍師的房間發現屍體，我去驗屍了。」

看來劈頭就要從沒頭沒腦的事情開始講起。

「下手的可是軍師閣下？」

壬氏問問做個確認。

「那個老傢伙才不會弄髒自己的手呢。他沒那實際本事。還有，死者就只是死於另一種仇殺罷了。若真是老傢伙下手殺人，壬總管應該會聽到消息的。」

「這倒也是。」

她說沒那實際本事，指的應該是羅漢手無縛雞之力吧。壬氏也覺得有理，想起了羅漢身體有多虛。他一邊奇怪那人行動力強卻怎麼毫無體力，一邊看看貓貓。貓貓膽量大，體力卻很差。平素幹勁缺缺，行動力卻非比尋常。

壬氏再次覺得這對父女還真相像。同時也在猜羅漢知不知道貓貓此時待在壬氏的宮中，覺得心裡發毛。

貓貓喝酒喝得心曠神怡。水蓮也為壬氏準備了酒，但跟貓貓的不同，是兌水的。壬氏也算能喝，但沒貓貓來得海量。要是猛灌蒸餾酒的話會讓他醉到不省人事。

「壬總管才是，公務處理得可都順利？」

「孤這邊還是老樣子。事情已跟皇上呈報過了，但孤的立場並沒有什麼改變。無聊的公文還是一樣盡往孤這裡遞。話雖如此，最起碼不像在西都時那般忙碌。」

「壬總管您還年輕，體力充沛無處宣洩，因此目前還能活得好好的。換做一般人的話早就操勞至死了。」

貓貓喝酒喝到發出「唔嗚～」的讚嘆聲。

「晚膳用過了沒？」

「沒有，我懶得一個人煮飯所以沒吃。」

「孤這兒晚膳有剩，妳要吃嗎？」

不吃酒餚只喝酒會傷身。

晚膳水蓮興高采烈地煮了一桌子菜。大概是連貓貓的份也準備了吧。

「是有點想吃……」

貓貓似乎心有疑慮。這個姑娘從來不懂得何謂客氣，難得看她這樣猶豫。

「有什麼原因讓妳猶豫嗎？」

「該說是原因嗎……」

貓貓目光低垂。

「我也是要先做各種準備的。」

壬氏放下酒杯。

貓貓乍看之下與平素沒多大不同，但肌膚似乎變得緊緻了些。去了西都微微曬黑的肌膚，如今膚況變得比較穩定。臉上沒畫雀斑，而是極其自然地撲了些白粉。

雖然與房間的香料混淆了，但貓貓身上確實有著些微的精油香。頭髮也有點溼，想必是沐浴過才來的。

貓貓把酒杯乾了。

「我可以去漱漱口嗎？」

「好。」

換作平素的話照貓貓的性子，不但會喝光整瓶酒，搞不好還會要求再多來些。

「壬總管，我們該進房了。」

「喔，好。」

這怎麼回事，莫非我在作夢？壬氏心想。不，不可以有過分的期待。八成就跟平時一樣，看看腹部的烙印燙傷就結束了吧。

「壬總管，您怎麼好像神色有些僵硬？」

「沒有的事。」

貓貓看似跟平素一樣冷靜，但表情略顯羞澀。

「貓貓，我跟妳做個確認好嗎？」

壬氏吞了吞口水。他認為這件事必須講清楚。

「妳明白現在進入孤的寢室，代表什麼意思吧？」

「明白。」
「不是來看病的，也不是來療傷的喔。」
「我也是抱定了決心，做了各種準備才來的。」
貓貓把手裡的包袱拿給他看。
壬氏的臉變得比至今的任何一刻都要燙。他想盡可能佯裝鎮定，為了竭力表現得冷靜，竟忍不住轉過身去背對貓貓。
不知不覺間水蓮不見了人影。從不懂得察言觀色、不識相的侍衛也不在。馬閃不在這裡。
「不需要洗浴嗎？」
「洗過了。總管希望的話，我可以再去洗一次。」
「不，免了。」
壬氏早已從氣味聞出貓貓洗浴過身子。
壬氏把手貼在心臟上，試著壓抑怕會被人聽見的劇烈心跳。
比起貓貓，壬氏更想去沐浴。剛才是泡過澡，但可能也因為喝了酒的緣故，身上在冒汗。
可是，也不便現在才說想去洗淨身子，他就這麼走進了後頭的寢室。

嗆鼻的香料味已經做了通風換氣。床上那些露骨的花瓣，以及下了可疑藥品的水瓶也收走了。

好了，那麼說到接著要怎麼做……

已經無法靜待心跳聲平息下來了。雖然臉龐依然發熱，事到如今也沒必要在意了吧。

壬氏輕輕抱起了貓貓。體重比之前增加了點，但還是很輕。從她的髮絲飄出茶油的香氣。

「妳願意嗎？」

「我不是說了？我是為此作了準備才來的。」

貓貓別開目光，像是在說「別讓我一再重複」。這種有點不耐煩的態度，果然是貓貓本色。

不只是壬氏，貓貓也在緊張。只要想到不是只有自己如此，就讓壬氏心裡也多了份從容。

「都做了些什麼準備？」

壬氏詢問貓貓。

「我沒吃早膳與晚膳。」

貓貓給出了意外的回答。

「為何？做實驗做到忘記吃了？」

「水也從半日前就沒喝了。本來覺得酒也不該喝，但方才的酒實在太香，我就只喝了一杯。」

「水也沒喝？」

壬氏想不到為什麼必須不吃不喝。

「本來的話從三天前就不該進食，水也得一天不喝才行，抱歉我沒做到。雖然明天放假，但今天還有差事，那樣的話體力支撐不住。」

「不是，妳在說什麼？」

「這些是綠青館有大老闆買下處子時的禮儀。千萬不能在貴客面前出了洋相。幾日的忍饑受渴，比起觸怒大老闆挨一頓打要來得好多了。」

「……不，孤又不是把妳給買下了。」

壬氏臉孔抽搐。更何況壬氏根本不想對貓貓做那種近乎虐待的行為。

「我不確定很多事情能不能做得好。萬一失敗就太沒面子了。」

貓貓的眼神是認真的。壬氏忘了這姑娘有著一顆匠人之心，無論什麼事都是要做就要做到盡善盡美。

壬氏吃驚之餘，輕嘆一口氣。貓貓不再像從前那樣百般搪塞極力逃避了。她變得願意積極面對這段感情，讓他心裡非常高興。

「還有，我可以要點白開水嗎？」

「總算渴了？」

「不是。」

貓貓打開大布包，從裡面出現了紙包的藥。其他還有一堆雜七雜八的陌生物品。

「這是什麼？」

「用酸漿根、白粉花與鳳仙花的果實等物混合而成的方子。」

這些花草壬氏都有聽過，就連這種配方他也還記得。

「這些不是妳在後宮提醒過孤多注意的那些花草嗎！」

壬氏嗓門不禁大了起來。

「正是。」

貓貓態度淡定。

後宮是生育龍子的地方。任何會妨礙到這事的因素，都必須排除淨盡。這些東西都是禁止出現在那裡的。

「妳把這些帶來做甚？」

「我請水蓮嬤嬤先檢查過了。請放心，這些不是要拿來對壬總管下藥的。我來服用就好。」

貓貓的眼神是認真的。

「也有直接阻隔的器具，但效果不彰，況且若是壬總管不喜歡的話，還是別戴比較好。」

貓貓拿出用紙仔細包好的筒狀物品。

「這是用牛腸做的，但也不見得適合壬總管配戴……」

以牛腸做成的某物被悄悄地收拾回去。

「換言之這些都是用來避孕的？」

「是。」

「妳說費心做了各種準備，也是……」

「在煙花巷能弄到的東西我全蒐集來了。」

壬氏頓時變得面無人色。他感到全身發冷。

「既然我已經接受了壬總管的情意，即使我倆之間發生了關係，那也是我情願的。但是儘管我情願如此，也還是需要知道分寸。我無意與玉葉后為敵。」

壬氏緊咬嘴唇。

他至今都樂昏頭了，恐怕是忘了自己究竟是什麼身分。

壬氏對貓貓而言是壬氏，但別人是怎麼稱呼他的？

皇帝的胞弟華瑞月，月君。

況且玉葉后所生的東宮尚且年幼，長得又像極了母后。荔人皆為黑髮黑眼，也有不少人排斥由紅髮綠眼之人登基為帝。

因此，宮廷當中也有人想推舉梨花妃的皇子為東宮，或是再次讓壬氏成為東宮。

這時，若是壬氏與一個姑娘尚未成親就生下孩子的話，事情會如何發展？

不只如此，假若眾人得知對方是貓貓──漢羅漢之女的話又會是如何？由於羅漢立場中立，眾人將會認定宮廷內形成了新的黨派。

曖昧不清的關係，會造成外人的誤解與反感。狀況將與當事人的想法背道而馳，如同小小雪球在雪山上開始滾動，漸漸變大到無可挽回的地步。

貓貓雖疏於政事，卻只有避禍的能耐特別高。

「我也計算過月信，今宵會比較難懷上。還有，就算失敗了也請放心，我知道如何處理。」

貓貓所言想必沒有假話。一旦懷了孩子，她必定會做處理。絕不可能藏起來偷偷養大。

雖然無情，但考慮到成為火種的可能，這麼想其實很正當。是為了追求和平而不得不無情。更何況這麼做才能將危害控制在最小範圍。

壬氏緊緊抱住貓貓。

心裡有的不再是方才湧起的情慾。壬氏滿心歉疚，咬牙切齒到牙齒險些碎裂。

「抱歉，讓妳有如此顧慮。」

壬氏把額頭擱在貓貓的肩上。貓貓像在哄小孩般拍拍壬氏的背。

「不會。」

壬氏覺得自己能邂逅像貓貓這樣的女子實屬奇蹟，因此他不願放手。之所以往肚子燙烙印也是因為如此。

「抱歉。」

壬氏再度道歉，然後依依不捨地放開貓貓。他按捺住想永遠抱著貓貓的欲望，躺到床上。

「壬總管？」

「今天妳先回去吧。不嫌棄的話，把晚膳也帶回去。妳一定餓了吧，如果涼了就用蒸籠熱熱。」

「可是……」

「別說了，回去吧。好好吃飯，水也要多喝點。孤可不願看妳病倒。妳在西都又瘦了不是？」

壬氏雙手掩面。

「是。」

貓貓收拾隨身物品準備離開房間。

「那麼失禮了……」

貓貓口中發著一些牢騷走出寢室。

「這樣就對了，目前就先這樣。」

壬氏必須弄清自己的立場。他不能永遠當個皇弟。必須讓玉葉后與梨花妃都知道壬氏不會與她們為敵。

光是腹部的烙印還不夠。要用更明確的方式，向公眾宣示自己的立場。

他唯一能走的路就是拋開皇帝的弟弟這個地位，放棄皇族身分。

「該怎麼做呢？」

壬氏為此煩惱不已。思考到頭髮都快掉了。

這使得他聽漏了貓貓離去之際，輕聲說出的一句話：

「其實我也設想過只做半套的情況啊。」

可見壬氏是真的沒有餘力思考其他事了。

十六話　貓貓遲來的晚膳

貓貓在宿舍的廚房熱晚膳。

她剛剛才在顯得由衷感到遺憾的水蓮目送下，回到這裡來。

貓貓雖覺得窮緊張了一頓，但心裡其實也鬆了口氣。貓貓雖有相關知識，但畢竟是姑娘之身，想得總是比較多。貓貓之所以先做好準備才去伺候壬氏，也是因為她覺得橫豎都要做，不如主動獻身比較能抱定決心。

晚膳熱好了，貓貓前往房間。季節已入春但夜裡仍然寒冷，雖然這麼做有些沒規矩，她打算鑽進被窩裡用晚膳。

晚膳為了讓她方便帶走，把紅燒豬肉與炒鰻魚等夾在饅頭裡。湯則是裝進酒壺，還溫溫的。

「都是滋補強身的菜餚。」

貓貓一面苦笑，一面咬饅頭。別人做的晚膳吃起來最香了。再加上她之前斷食，感覺更是特別美味。

她把饅頭吃個精光，小口啜飲人家給她的酒。

「好吧，現在怎麼辦呢？」

貓貓能想像到壬氏拒絕她的理由。壬氏不再像以前那樣強迫她接受自己的情意了。想必是因為尊重貓貓才會這麼做。

話雖如此，白緊張了一頓的貓貓也不禁在想，不知今後該用何種表情去面對壬氏？

「管他的，反正暫時不會見面。」

貓貓決定把問題延後處理，等下次見面再說。她對將來的自己寄予期待。

由於喝的是烈酒，雖然沒喝醉，但身心愈來愈舒暢。也因為昏昏欲睡的緣故，大小事情在腦中盤旋。

「好像聽說羅半他哥回來了。」

雀都同她說了。貓貓不想去怪人軍師的家，但為了跟羅半他哥見個面，不跑這趟不行。

「還有梅梅小姐，真想去看看她。」

如果是嫁到了棋聖那邊，人家應該會善待她才對。找羅半還是誰商量一下，幫她安排去探望梅梅吧。

「不過，沒想到那人竟是女華小姐的客人。」

想起梅梅讓她聯想到了女華。睏意與酒精，讓這些事情如聯想接龍般接連著穿梭於腦海。

「竟然在找皇族後胤，到底想幹嘛啊？」

說到皇族的私生子，就想到天祐的老家。

「搞不好女華小姐跟天祐其實是親戚？」

女華小姐說過自己是盜賊的種，但假若不是盜賊而是獵人，前後就相符了。之所以削掉玉牌的表面，是為了隱藏自己既是皇族，也是被處以極刑的罪人後代。至於弄破玉牌的理由就不清楚了，但一身野獸腥味，雙手又骨節分明的男子確實很有可能是獵師。

「王芳那傢伙，會不會是一直在宮中尋找皇族的私生子？」

比方說王芳聽說了私生子的傳聞，於是進宮任職。又為了打聽消息而利用了那些女官。

「可是他要找的天祐，人卻在西都。」

酒意與睏意讓思維不斷地飛遠。

她想到還得用齒木刷牙，但實在是太睏了。

貓貓擱下酒瓶，沉重的眼瞼就這樣完全闔起。

《藥師少女的獨語 14》待續

家譜圖 皇族

- 女皇
  - 先帝
    - 長女（母親為後宮宮女）
      - 翠苓（父親為子昌） 二十二歲
    - 當今皇帝 長男（母親為安氏） 三十八歲
      - 長男（母親為阿多） 薨逝？
      - 長女（母親為其他嬪妃） 薨逝
      - 次女（母親為其他嬪妃） 薨逝
      - 三女（母親為玉葉） 鈴麗 五歲
      - 次男（母親為梨花） 薨逝
      - 三男（母親為玉葉） 東宮 名字不詳 三歲
      - 四男（母親為梨花） 三歲
    - 華瑞月（壬氏） 次男？（母親為安氏） 二十二歲

illustration : しのとうこ

藥師獨語

家譜圖 羅字一族

- 曾祖父
  - 長男 羅半的祖父
    - 長男 羅漢 四十五歲上下

      - 長女 貓貓 二十一歲

    - 次男 羅半的父親 四十幾歲
      - 長男 羅半他哥 二十四歲

      - 次男 羅半 二十二歲

  - 次男 羅門

※截至第十三集

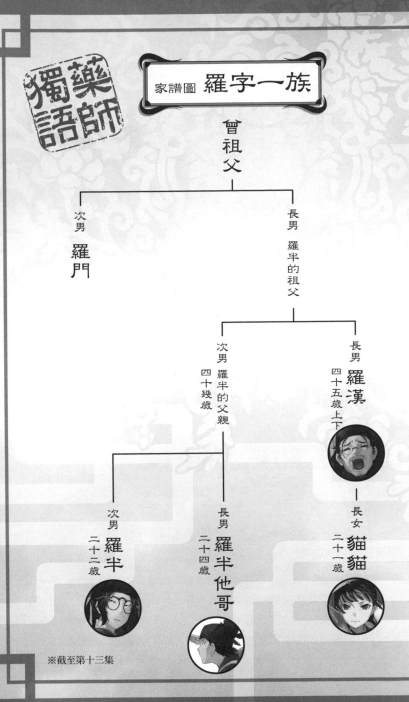

世界啊，臣服在我的烈焰之下吧 1 待續

Kadokawa Fantastic Novels

作者：すめらぎひよこ　插畫：Mika Pikazo、mocha

「你是壞人嗎？是的話就能放心燒掉了！」
最強爆焰少女來襲——把髒東西給燒毀吧！

睽違百年的魔王復活，惡人四處作亂。為導正動亂的人世，焰與同樣奇怪的女高中生們被召集到異世界，世界的命運被交至少女們手上——放火燒光才是正義！燒成灰燼教人狂喜！以壓倒性火力壓制世界的遺憾系美少女將會如何？最強爆焰少女的異世界喜劇！

NT$220/HK$73

我買下了與她的每週密會

～以五千圓為藉口，共度兩人時光～ 1 待續

Kadokawa Fantastic Novels

作者：羽田宇佐　插畫：U35

班級權力階層地位反轉——
難以捉摸的女高中生，有些危險的Girl Meets Girl！

她——宮城很奇怪，居然每週一次花上五千圓，買下可以命令我的權力。有時候也會看她的心情，下達一些危險的命令。我們已經共享這個祕密半年了，她卻說：「我們不是朋友。」欸，宮城，如果這不是友誼，那我們究竟是什麼關係？

NT$270/HK$90

在地鐵拯救美少女後默默離去的我，成了舉國知名的英雄。 1~2 待續

Kadokawa Fantastic Novels

作者：水戸前カルヤ　插畫：ひげ猫

濫好人英雄的學園戀愛喜劇，愛情發展也很火熱的運動會篇揭開序幕！

雛海不知道自己的救命恩人正是涼，就這樣與他慢慢地加深感情。而時值眾人正在準備與他校聯合舉辦的運動會，名叫草柳的男人突然現身表示：「那天的英雄就是我。」得知草柳以恩人之姿積極接近雛海的卑劣目的後，涼為了保護她而在背地裡展開行動……

各 NT$260/HK$87

身為VTuber的我因為忘記關台而成了傳說 1~6 待續

Kadokawa Fantastic Novels

作者：七斗七　插畫：塩かずのこ

衝擊的VTuber喜劇，
傳說與傳說硬碰硬的第六集！

在「三期生一週年又一個月紀念直播」完美落幕後，傳說級的VTuber「星乃瑪娜」居然邀請淡雪參加她的畢業直播！眼見要與尊敬的Ｖ進行合作，淡雪在感到緊張之餘也決定全力以赴。在這段過程中，淡雪因為微不足道的契機而面對起自己的「家人」──

各 **NT$200~220/HK$67~73**

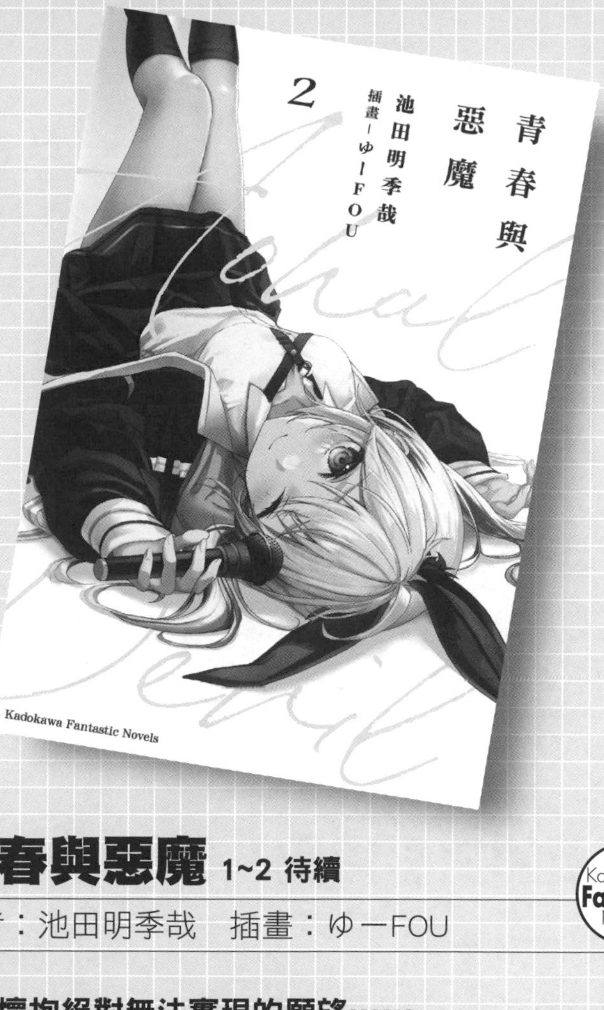

青春與惡魔 1~2 待續

Kadokawa Fantastic Novels

作者：池田明季哉　插畫：ゆ一FOU

倘若懷抱絕對無法實現的願望……
真的還有辦法驅除惡魔嗎？

　　某天，突然不來學校上課的三雨向有葉商量起心事。當她脫掉帽子後，蹦出來的——竟是一對長長的兔子耳朵？為了驅除附身在三雨身上的惡魔，有葉與她一同行動，並得知她藏在心底的心意。與此同時，衣緒花和有葉之間也產生了若有似無的隔閡——

各 **NT$220~240/HK$73~80**

砂上的微小幸福

Kadokawa Fantastic Novels

作者：枯野瑛　插畫：みすみ

「邪惡的怪物應該消失。你的願望並沒有錯喔。」
這是某個生命活了五天的故事——

商業間諜江間宗史因任務而與女大生真倉沙希未重逢，卻被捲入破壞行動。祕密研究的未知細胞救了瀕死的沙希未。名喚「阿爾吉儂」的存在寄生於其體內，以傷勢痊癒後歸還身體前的期間為條件，與宗史生活在同一屋簷下……

NT$270/HK$90

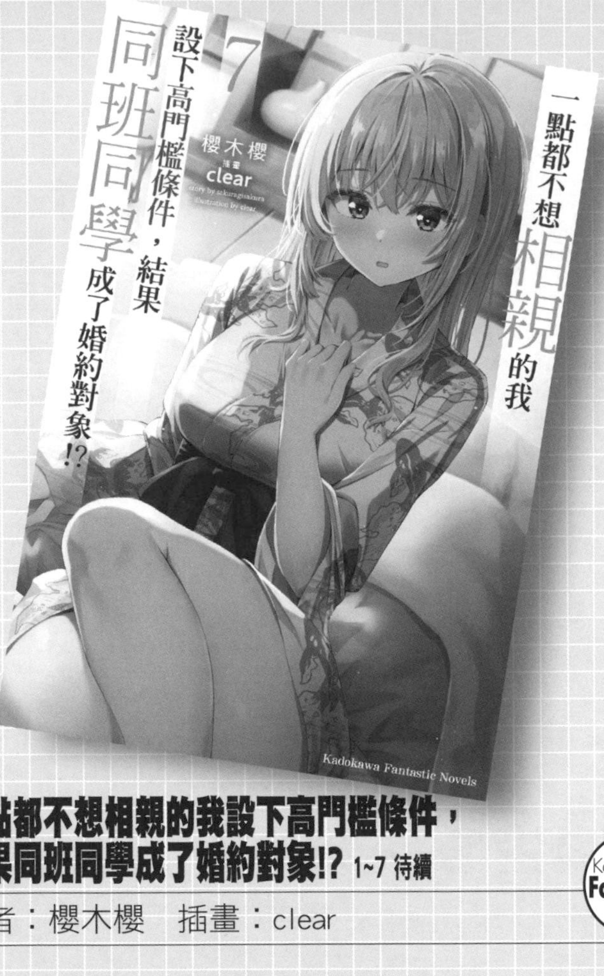

一點都不想相親的我設下高門檻條件，結果同班同學成了婚約對象!? 1~7 待續

Kadokawa Fantastic Novels

作者：櫻木櫻　插畫：clear

隨著關係變得更加親密而來的是──
假戲成真的甜蜜戀愛喜劇，獻上第七幕。

愛理沙與由弦在耶誕節造訪遊樂園，享受兩天一夜的約會。除夕一起煮跨年蕎麥麵。新年共同前往神社參拜──度過了許多甜蜜愉快的時間。而一個月後的情人節，由弦滿心期待收到愛理沙的手作巧克力，結果在學校的鞋箱裡發現一個繫著可愛緞帶的盒子……

各 **NT$220~250/HK$73~83**

轉生為故事的黑幕~以進化魔劍和遊戲知識傲視群倫~ 1~2 待續

Kadokawa Fantastic Novels

作者：結城涼　插畫：なかむら

「我的劍就是為了這種時候存在的。所以──」
連的故事，又有了重大的變化──！

和聖女莉希亞與其父克勞賽爾男爵談過之後，連決定暫時留在男爵宅邸，一邊處理男爵家的工作，同時一邊在公會當冒險者發揮本領。而為了協助男爵家，他在莉希亞的目送下前往某處，邂逅了一位意料之外的少女。她和掌握故事重要關鍵的人物有關……？

各 **NT$260~300/HK$87~100**

熊熊勇闖異世界 1~19 待續

Kadokawa Fantastic Novels

作者：くまなの　插畫：029

距離封印被解開的時刻越來越近……
異世界熊熊女孩即將面臨前所未有的戰鬥！

和之國正面臨大蛇即將復活的危機。被視作「希望之光」的優奈見到了守護大蛇封印的女性——篝。她表示過去封印大蛇的正是精靈長老穆穆祿德，於是優奈便邀他與露依敏一同前來和之國。一行人開始擬定對策，大蛇復活的時刻卻愈來愈近……

各 **NT$230~280/HK$75~93**

小說 歡迎光臨自助洗衣店 椎心刺骨的旅程

Kadokawa Bloom Series

作者：椿ゆず　插畫：缶爪さわ

「……開口閉口都是接吻，煩死了。」
「因為我們現在是一對情侶嘛。」

英鮮魚店的兒子——英明日香，與會幫顧佐久間屋這間柑仔店的研究所學生佐久間柊是兒時玩伴。在明日香即將升上高二之際，柊突然宣布要去「環遊世界」，明日香於是決定跟著他一起到世界各地旅行……明日香與柊既甜美且揪心的過去，即將明朗化。

NT$200/HK$67

Kadokawa
Fantastic
Novels

藥師少女的獨語 13

（原著名：薬屋のひとりごと 13）

2024年4月24日　初版第1刷發行

作　者：日向夏
插　畫：しのとうこ
譯　者：可倫

發 行 人：台灣角川股份有限公司
總　　監：呂慧君
總 編 輯：蔡佩芬
主　　編：林秀儒
編　　輯：邱瑹萱
設計指導：陳晞叡
美術設計：吳佳昀
印　　務：李明修（主任）、張加恩（主任）、張凱棋

發 行 所：台灣角川股份有限公司
地　　址：104台北市中山區松江路223號3樓
電　　話：（02）2515-3000
傳　　真：（02）2515-0033
網　　址：www.kadokawa.com.tw
劃撥帳戶：台灣角川股份有限公司
劃撥帳號：19487412
法律顧問：有澤法律事務所
製　　版：巨茂科技印刷有限公司
ＩＳＢＮ：978-626-378-760-5